金堂 林大姐

林真福 著

中国文史出版社
CHINA CULTURAL AND HISTORICAL PRESS

图书在版编目（CIP）数据

金堂·林大姐 / 林真福著. --北京：中国文史出
版社，2023.10

ISBN 978-7-5205-4409-2

Ⅰ.①金… Ⅱ.①林… Ⅲ.①报告文学–中国–当代
Ⅳ.①I25

中国国家版本馆 CIP 数据核字（2023）第 196936 号

责任编辑：赵姣娇

出版发行：**中国文史出版社**

社　　址：北京市海淀区西八里庄路 69 号院　邮编：100142

电　　话：010-81136606　81136602　81136603（发行部）

传　　真：010-81136655

设计制作：成都圣立文化传播有限公司　028-86783136

印　　装：成都新凯江印刷有限公司

经　　销：全国新华书店

开　　本：710mm×1000mm　1/16

印　　张：10.5

字　　数：110 千字

版　　次：2023 年 11 月北京第 1 版

印　　次：2023 年 11 月第 1 次印刷

定　　价：76.00 元

序　言

扈远仁

　　读完这部颂扬林大姐做人干事创业成就、叙事宣理抒怀、讴歌新时代、赞美可爱家乡金堂的文学佳作，心潮澎湃，思绪万千。它能让广大读者爱不释手，细读深思，活力迸发，励志前行。金堂，这个山清水秀、物华天宝、人杰地灵、英才辈出之地，有无数珍宝让你喜爱，有无数人物让你敬仰。这部著作倾心用力颂扬的林德凤大姐，就是一位杰出代表。

　　林德凤现任金堂县金裕大酒店董事长、金堂县人大代表等职。她历尽千辛万苦、诸般磨炼，冲破艰难险阻开拓进取，勇创一流挺立时代前列，创造造福人民、震撼金堂、名扬四方的业绩，赢得了金堂广大干部群众、巴蜀海外人士的热情赞美。她从小吃苦耐劳，用稚嫩之肩和勤奋双手勇挑家务重担，勇将自己人生一手"烂牌"的包办婚姻之家，打成众人称赞的"王炸"的四世同堂。她努力传承优良家风，女继父业，光大中医开康民堂药店和林氏诊所，悬壶济世、医者仁心，技术精湛驱除病魔，救死扶伤强健体魄，不赚昧良心的黑钱，固守崇高的医德医风，发展医疗事业。20世纪90年代，她豪捐药店诊所全部积蓄10万元人民币，心系家乡乡村医疗单位困难所在，功在千秋。2001年，因心系家乡经济建设和城市发展，她弃医从商，顶着家庭和社会的巨大压力，筹数千万元建金堂首家星级酒店，助推家乡招商引资工作。她毫不保留地将家里300多件宝器捐赠给金堂县档案馆，支持家乡发展馆藏事业。她敬老抚老，每年向敬老院、老年大学捐赠数万元现金及物资。她心系教育事业，关爱祖国伟大事业接班人健康成长，向金堂县沱江实验学校捐赠数万元品牌锅炉，向金沙小学捐赠价值数万元的课桌，等等。还向甘孜州理塘县和色达县涉藏地区的医院、学校、政府，支援干部宿舍和办公场所价值数十万元的开水器、师生课桌及办公用品，力促增强民族团结，实现共同富裕。她不辜负金堂县作家协会和金堂县武术协会名誉会长之责，积极参与和大力赞助，支持发展文体事业。长期乐善好施，扶弱济困，凡有困难的地方，均有她的身影。她心系家乡经济和社会发展，时刻牢记人民重托，认真听取和反映人民的意见、建议、愿望和要求，细心关注民生福祉和精神文明建设。"民有所呼，我有所应，仁爱有嘉"，是金堂人们心中的林大姐真实写照。

仁爱，是中华民族的优秀美德，是中华民族传统文化的根基，是立国兴家做人之本。孔子用"仁者爱人"，把蕴含在人性中最真挚、最闪光的精神世界揭示出来，教导人们要孝、悌、忠、恕、礼、智、恭、宽、信、敏、惠等，让中华民族永远屹立于世界民族之林。以林德凤大姐的感人事迹、高贵品质、伟大精神、杰出才能、辉煌伟业为题材，写出的《金堂·林大姐》，值得人们认真阅读、细心鉴赏。让我们深入民间，认识林大姐，团结攻坚，砥砺前行，努力谱写热爱祖国、热爱人民，无愧于新时代的踔厉奋发的诗篇。

2023年8月10日

作者系四川省委宣传部原副部长、四川省精神文明建设办公室原主任。

林大姐——金堂金裕大酒店董事长

前　言

习近平总书记在全国政协十三届二次会议文化艺术界、社会科学界委员联组会上的重要讲话中强调，希望委员们能够承担起记录新时代、书写新时代、讴歌新时代的重任，积极回应时代课题，从当代中国的伟大实践中汲取创作的主题和灵感，精确描绘我们这个时代的历史巨变，塑造代表我们这个时代的精神图谱，为时代塑像，为时代立传，为时代明德。

自改革开放以来，中国取得了飞速发展和卓越成就，吸引了全球目光。在各个地区和行业中，涌现了许多典范人物，他们以仁爱之心积极践行中华民族的传统美德。这些精神浸润着人们的心灵，激发着人们不断追求真善美、积极向上，不仅成就了个人的事业，也引领了社会风尚，赢得百姓的尊敬和景仰。这些典范人物是我们这个时代的精神图谱，是人们心中的楷模和标杆。

在四川成都金堂地区，有一位被人们尊称为"林大姐"的女性，她以仁爱之心积极践行中国灿烂辉煌的传统文化美德。在平凡的工作和生活中，她将"仁爱"二字演绎得淋漓尽致，不仅注重自身修养和传承家风，还心系家乡经济社会建设，时刻关注民生，积极参与当地各项社会事务，助推民生事业和精神文明建设。林大姐的真实写照是"民有所呼，我有所应，仁爱有嘉"，她是一位不平凡的人。

"大姐"是岁月赋予的尊称，是经验与智慧的象征。在家庭中，大姐是长女的荣光，她肩负着传承家风、关爱弟妹的使命。她的言行举止，无不流露出家族的教养和尊严。她是大海中的巨浪，激荡着对生活的热情和对未来的憧憬。在职场和事业中，大姐更是女性中的佼佼者。她们拥有出众的才能和精明干练的品质，她们用勤奋和智慧书写着自己的人生篇章。她们是不朽的丰碑，矗立在时间的长河中，见证着女性同胞们的崛起和奋发。

"大姐"是温暖的词，是亲情与友情、责任与担当的代名词。她代表着亲情的力量，让我们感受到深深的关怀和呵护。她代表着友情的真诚，让我们体会到无尽的付出与关怀。她代表着责任的担当，让我们领略到无比的坚定与勇敢。

回望历史，女性在政治或商业领域中的涉足并不多。然而，随着时代的变迁、社会的进步，女性逐渐开始崭露头角。在西方社会，随着工业革命的兴起，女性开始走进工厂，成为生产线上的一员。她们用勤劳的双手，为国家的经济发展做出了巨大的贡献。也正是这个时候，女性开始接受教育，有了自己的投票权，有了更多参与社会发展事业的机会。

随着时间的推移，越来越多的女性开始在各行各业发光发热。她们以巾帼不让须眉的精神，展现了自己的才华和能力。

在依山傍水的成都市"成东中心、公园水城"的金堂县，社会各界都称呼金堂县金裕大酒店董事长、金堂县人大代表、金堂县慈善协会会长、四川省民生研究会妈祖文化研究中心负责人林德凤为"林大姐"。

人们眼里的林大姐——林德凤名如其人。她是百家姓中排行在16位的林氏家族中一名女姓和14亿人中华民族大家庭中朴实而普通的一员；"德"是她的字辈，也是她为人处世的仁爱行为的真实写照和再现；"凤"为她仁爱精神和思想的放飞。

她平时一身单衣度春秋，衣服价格从没超过100元人民币；她天天闻鸡起舞，步行万步后，径直给朋友圈里每一位朋友发去清晨温馨的问候祝福；她总是站如松，坐如钟，行如风，做事果敢，有始有终。哪里有困难，哪里就有林大姐的影子。因为有着十足的

办公室里的林大姐（金裕大酒店供图）

美德和人格魅力，在金堂方圆十里八沟，"林大姐"和她创建的金裕大酒店家喻户晓，耳熟能详。

　　如今饱经76个岁月洗礼的她，虽已届"古稀之年"，但言谈举止风采依旧。她待人亲和，身板硬朗，精神矍铄，思维敏捷，落落大方的"大姐"范，让人心悦诚服……

　　凡与林大姐初次见面者，均会感知她是一个有故事的女性，通过接触与交流，更能感知她的美德和人格魅力。她的故事，鲜活生动，感人至深，总能给人启迪。

目录

传统仁爱乃妈祖新时传

承林德凤贤美德颂巴蜀

金裕凤翔寰宇中

癸卯仲秋 严肃

旁注：

传统仁爱乃妈祖，新时传承林德凤。

孝贤美德颂巴蜀，金裕凤翔寰宇中。

严肃，本名严福昌，中国作家协会会员，中国演出行业协会副主席，四川省文联四至六届副主席。

盛夏清风在身边

难忘2022年8月出差回来，在林大姐为笔者平安归来接风的晚宴上，罗兴国先生在同笔者碰杯时恳切地说："2023年11月18日是林大姐金裕大酒店20周年庆典日，你作为四川省作家协会会员和媒体人，应当以林大姐的金裕大酒店20周年庆为契机，把林大姐立德、行善、大爱的故事，她历尽千辛创建金堂首家星级酒店的故事，她在县委、县政府的关心及大力支持下，走过20年风雨历程所展现的风采，她为把金堂县发展成为成都东北区区域中心城市，人水和谐、幸福美好的公园城市做贡献

一、盛夏清风在身边

华灯初上的金堂城市夜景（中共金堂县委宣传部供图）

金堂新农村（中共金堂县委宣传部供图）

的魅力故事，通过你手中的笔和摄像机记录下来，再通过你们有影响力的海内外传媒平台，对外讲述好、宣传好！这既是你的本职工作，也是你为对外有效宣传新时代金堂和灿烂辉煌的中国传统文化贡献力量。虽此事任务艰巨，但对于长期从事媒体宣传和文化传播工作的你来说，我完全信任你有这个实力。这既是你对金堂人民精神建设领域的一个献礼，也是你人生中最值得记忆的大事……"

"干了！"笔者与罗兴国先生四目相对，彼此将满满的一杯美酒倒入口中，一饮而尽！

　　当时，笔者内心特别激动也特别忐忑：激动的是，这确实是一次走进林大姐内心深处，感受其独特魅力的好机会；忐忑的是，本人才疏学浅，虽从事媒体工作多年，但大都是一些"八股文"，林大姐虽然是一名普通的民营企业家，但她是金堂人们心中德高望重的名人，笔者怕自己的"花拳绣腿"一不小心侧面"影响"了她的形象。好在金堂县作家协会主席李正熟先生，中国作家协会会员杨代军先生和李大伦先生已经分别撰写了《林大姐心语》《金裕花开三江岸》《叫您一声林大姐》等佳作。为讴歌时代、弘扬林大姐的仁爱思想和美德以及金裕大酒店20年献礼了。当他们得知笔者也准备通过报告文学和纪录片的方式，对外讲述林大姐的故事时，第一时间给予

金裕大酒店员工代表风采（港视文化供图）

金裕大酒店大厅一角（金裕大酒店供图）

我极大的鼓励、支持和帮助！

　　"我能否讲好金堂林大姐和她创建的金裕大酒店20年风雨历程故事，以及将金堂发展风采表现出来？只有以《金堂·林大

姐》报告文学来向您致敬——大家尊敬的林大姐！"为此，笔者便横下心来，为不辜负罗兴国、李正熟先生的重托与信任，为自己心中久违的这道人生最美风景，更为人们夏日里的这一缕清风！

金堂是一个具有深厚历史底蕴的地方。这里的北河、中河和毗河同一草一木、一街一巷一道，都诉说着魅力金堂的故事。在这个城市里，有一家金堂金裕大酒店，它不仅见证了这座城市的变迁，也见证了一个人的成长历程。

金堂金裕大酒店是一个劳动密集型的餐饮服务型企业。自改革开放以来，它已经走过了20年的风雨历程。20岁，对于一个人来说，是风华正茂、青春正盛的年纪；对于一家企业来说，是未来的起点，是时间的见证者和故事的讲述者。

这家酒店能够屹立于本土，成为酒店行业的标杆，实属不易。它经历了多少风风雨雨，承载了多少历史沧桑。它是当地城市文明形象的窗口，接待了无数来自各地的嘉宾和朋友。它用20年的时间，铸就了一家民营企业辉煌的发展。

而林德凤——一位被当地人们尊称为"林大姐"的人物，她与这家酒店有着怎样的故事呢？又如何在这家酒店的风雨历程中留下了深深的痕迹？

于是，笔者决定组织创作团队，深入挖掘金堂金裕大酒店这20年的发展历程，以及林德凤与这家酒店的故事。通过实地调研、人物专访、权威解读和场景再现等方式，我们将用有温度、有深度的现实主义题材报告文学，展现给全社会一个真实的林大姐。

在这个过程中，我们将零距离感知林大姐的精神和中国传统美德的魅力，让人们深刻认识到人应该追求自己的梦想，但也应该承担起自己的责任与担当。因为只有在追求梦想的过程中，我们才能更好地诠释人生的真谛与价值。

让我们一起走进这个充满历史与故事的金堂金裕大酒店，感受它所经历的风雨，领略林德凤的精神与魅力。在这个新时代中，让我们共同见证金堂的辉煌发展。

金裕风雨二十年

"金裕大酒店开业了，金堂终于有了星级酒店！"

2003年11月18日，金裕大酒店剪彩开业。金堂广大市民获悉此开业消息，振奋地奔走相告。

金堂县档案馆副馆长邓斌武告诉了笔者，金裕大酒店开业时，金堂县城市民的强烈反响情况。

在改革开放初期，金堂县像一片待开发的处女地，百业待举。在这个重要的历史节点上，金堂县同全国各地、各级政府一样，高度重视招商引资工作，日

金堂县档案馆供图

金堂县档案馆供图

以继夜地奋斗着。然而，缺乏一家现代化的星级酒店，成了招商引资工作的一大瓶颈。

就在此时，林大姐这个普通的个体医生，凭借着对家乡的热爱和对经济建设的关注，怀揣一颗坚定的心，主动请缨，希望自筹资金修建金堂县第一家星级酒店，因而成就了一段传奇的弃医跨行筹建酒店的故事。

金堂城市夜景（中共金堂县委宣传部供图）

远见卓识，助力家乡招商引资工作

2000年的夏天，个体医生林大姐在给一位因金堂招商引资工作而生病的人诊断时得知，金堂县招商引资工作相当艰辛。一批批好不容易对接成功有意落户金堂的项目，相关人员来到百万人口的金堂考察时，因住的是老式招待所，没有一家像样的星级酒店来做对外接待，都认为金堂经济太落后，纷纷无果而终。

这席话深深地刺痛了林大姐这颗一直热爱家乡、时刻关注家乡经济建设和城市发展的心。她心中五味杂陈，十分难受。她没有想到他们的工作环境竟如此艰辛，更没有想到的是，象征着"金玉满堂"的金堂，在外的形象竟是经济落后的偏远小城。

当时，已在当地医疗卫生领域发展得风生水起、名震四方的林大姐，连续几日彻夜难眠：自己能否为金堂的改革开放、经济发展和城市建设做点什么？如何想办法让更多的人认识家乡、了解家乡、热爱家乡、投资建设家乡、在家乡安居兴业？

此刻，她回想自己曾经陪同家人去国内沿海发达城市旅行时，当地的星级酒店比比皆是，不仅环境优美，且装修得也很豪华，配套功能到位，与当地现代城市建筑群有机融为一体，尽显城市经济的发达和现代化都市生活的繁华。

"假如金堂能有一家星级酒店，它岂不是可以成为本地高端商务人士商务谈判、接待、休闲度假之地？！这不仅对金堂城市商业环境及氛围起到一种强有力的烘托作用，而且有助于改善金堂旅游接待能力和投资环境，提升金堂的城市形象和品位。不仅解决了政府招商引资的一大难题，也是自己乘改革开放的春风投资酒店餐饮的一大实体，填补了金堂没有星级酒店的空白，对促进当地的招商引资工作和经济社会良性发展起到引领作用。同时，星级酒店建成后，提供的就业岗位也解决了金堂部分就业问题，不仅可以缓解人才流失的局面，还可以吸引相关的行业人才，有利于缩小贫富差距，缓解社会矛盾！"林大姐深夜里反复地思考着。

但她又马上联想到修建酒店的一系列问题——金堂本地消费问题，修建酒店所需资金问题，修建酒店选址问题，修建酒店的经营管理和人才培训问题……林大姐深思着。

金裕大酒店大金焱厅（金裕大酒店供图）

运筹帷幄，
创建酒店

一段时间里，一直酷爱读书、思维敏捷、做事果断、注重格局的林大姐便积极行动起来。她一边在康民堂诊所治病救人，一边抽时间认真了解国家的改革开放政策，虚心请教专家领导和查阅星级酒店在促进一座城市经济社会和文旅融合发展中的角色及重要性，再到了解金堂当时酒店餐饮业的状况，诚邀合伙人共同建设星级酒店等工作，独自默默地盘算着。

一天夜里，忙了一天的林大姐吃过晚饭，便将自己准备同两位合伙人共同在金堂县赵镇修建星级酒店的事告诉丈夫黄大哥，希望得到他的理解和支持。

金堂赵镇商会供图

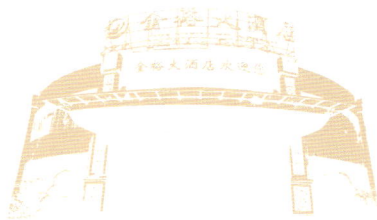

十里大道原貌（金堂县档案馆供图）

黄大哥当即火冒三丈："林德凤，你是头脑发热还是异想天开？建设一个星级酒店的资金可不是小数目，去抢吗？"

"没有钱我们可以借，也可以找合伙人共同投资经营……"

"你是老黄牛、万金油吗？你天天为病人看病拿药都脱不开身，哪里有时间去操心这些？你我都不懂酒店的经营管理，何况这是一个系统的服务型的劳动密集型企业！你去找其他人合伙，哪个相信你一个医生还能把星级酒店搞起来？"

"我们虽然不懂，但可以聘请专业人才来管理经营嘛……"

"哎！凭借金堂现在的消费水平，怎么能开得起？金堂现在有几家大型的酒店餐馆，哪一家做起来了的？我敢说，你如果坚持去筹资建设一家星级酒店，修起来都只有装空气，停麻雀……"

"我相信国家的改革开放政策会让金堂的城市建设和经济发展越来越好，消费水平会越来越高。关键是，金堂县政府为了招商引资工作，也希望有人来金堂投资修建一个星级酒店，以此来助推相关工作。我可以把我多年从医积累的人脉关系整合起来，作用充分发挥起来，建设金堂首家星级酒店，经营起来应该不成问题。这事我决定做了，希望你能够理解……"

见林大姐筹建酒店的态度如此坚决，黄大哥长叹一声，不再搭理林大姐。

认准了这个理，林大姐便坚持到底！

"舅舅，我想筹资在金堂修建一家星级酒店，请您支持我……"

"好事，舅舅坚决支持你，我借500万元给你做启动资金……"

这是林大姐在筹备修建酒店时，和《山城棒棒军》的著名演员"梅老坎"——庞祖云先生的电话谈话。

"妹妹，大姐决定在金堂修建一家星级酒店，需要前期资金投入，请你帮我想想办法！"

"好的。大姐，这是好事，我肯定尽力地帮忙想办法……"这是林大姐当时给妹妹打电话的部分对话内容。

由于林大姐当时在金堂县清江镇开诊所，医术精湛又医者仁心，前来看病的人特别多，没办法直接参与管理，再加上自己也没有足够的资金投入，必须得寻找志同道合之人共同筹建金堂首家星级酒店项目。于是林大姐梳理身边的优质人脉，试着找到清江两位做建筑的朋友，邀请他们共同投资兴建金堂第一家星级酒店。虽然大家都觉得自己是酒店经营管理的门外汉，但基于林大姐热爱家乡的情怀和独特远见及人格魅力，两位老板便欣然答应了她的邀请。

"当时正在寻找兴建酒店的合伙人和筹集修建金堂的启动资金，我没有想到我的舅舅和妹妹都很赞成和支持我，也没有想到酒店当时的两位合伙人也很认同我。要知道当时要说服对方花几百万元来投资一个不熟悉的行业，是何等艰难呀！"回想起当时筹资的事，林大姐感慨万千。

十里大道的变迁见证了金堂改革开放经济开发的历程

金堂县十里坝综合经济开发区于1992年4月建立。1993年5月13日，建立金堂县综合经济开发区管理委员会。1994年9月26日，经四川省人民政府批准，建立四川中美（外）中小企业发展园区管理委员会。1997年10月15日，三中园区纳入省级开发区管理序列。

发展中的金堂（金堂县档案馆供图）

主动请缨，感动政府

在一个风和日丽的日子，金堂县委副书记何胜英（以下简称何书记）正在办公室里处理着日常的工作。这时，她的办公室门突然被推开，来了一位她熟悉但又令她不禁惊讶的客人——林德凤，金堂县清江镇一家诊所的医生。

林大姐的笑容里透着坚定和热诚，她开门见山地说道："何书记，你们党委、政府的领导们为金堂的招商引资工作受累了！我听说了一些关于我们县里招商引资工作比较被动的消息后，便私下了解了关于修建一家星级酒店的相关要素等，也已做了前期的筹备工作。我想把多年行医积累的优质人脉关系和社会资源充分整合起来，筹资上千万元修建金堂县第一家星级酒店，以此配合你们党委、政府的招商引资工作，解决金堂县没有星级现代化酒店的局面，改善招商引资工作的环境，也算我为家乡的经济建设所尽的一点绵薄之力。"

"林大姐一进我的办公室，没等我给她递上热茶，便直奔主题，让我始料未及，十分惊讶！"何书记回忆起当初林大姐到她办公室时的情景，记忆犹新。

何书记被林大姐的决心和魄力所震惊，感动不已。她说："当时兴建一家星级酒店确实是件相当不简单的事，资金、立项、选址、规划、设计、建设、经营和管理等都是一个专业而系统的工程，是需要专业的人且专职地去做才能够完成。而我本人对林大姐个人算是比较了解的，她当时只是一位医术精湛的个体医生，虽医者仁心名气大，然而靠她平时给病人看病、抓药赚点小钱，时常还向社会行善、救助、捐赠，哪里有修建星级酒店所需的上千万元资金？如果去找合伙人，他们凭什么相信一位不懂行，又没有其他看得见的实力支撑的女人呢？当时林大姐要面对来自家人极力反对的压力，巨额资金筹备的压力，不懂酒店经营管理的压力，既要专心当好诊所的医生，又要分心操劳酒店的事，身为一名普通女子的她，有三头六臂吗？"面对笔者的采访，现已退休的何书记神采奕奕，回忆起金裕大酒店筹建时的场景，感慨万千。

通航机场（中共金堂县委宣传部供图）

晨晖下的金裕大酒店（金裕大酒店供图）

　　林大姐只是一个医生，她怎么可能有这样的能力？但同时，何书记也看到了林大姐的决心和信念，这种坚定的信念让林大姐相信，这个目标一定可以实现。

　　然而，林大姐接下来的举动让何书记更为惊讶。她拿出一份详细的计划书，详细地介绍了她的想法和实现方法。她不仅分析了金堂县的市场需求，还考虑了未来发展的可能性。她的计划书充满了专业性和对家乡的热爱。

　　"好呀！林大姐，您如此理解、关心和支持我们县委和县政府的招商引资工作，关切和支持咱们家乡经济发展，首先代表我个人感谢了！请您稍坐一会儿，喝杯茶。我立即向书记和县长汇报此事！"

"当时，听了林大姐这个想法，对于分管招商引资工作的我来说，犹如平地一声雷，但我高度重视林大姐筹建金堂首家星级酒店的这一信息。我立即向金堂县委书记和县长汇报了这个事情，并得到了他们的高度重视和支持。同时政府决定为此专门成立金裕大酒店建设项目领导小组，由我担任组长，专门负责协调推进相关工作。从金裕大酒店的立项到选址，从协调各部门高效服务到政策支持，县委、县政府都给予无微不至的关怀和支持！"何书记如是说。

林大姐的想法和行动得到了金堂县委、县政府的大力支持和帮助。她用实际行动证明了"世上无难事，只怕有心人"的真理。她以自己的勇气和决心，主动请缨自筹资金修建星级酒店，为家乡的经济建设尽了一份力量。她的故事也成了金堂县招商引资工作的一段佳话。

当面对笔者感兴趣的关于酒店选址的话题时，林大姐娓娓道来："我们酒店最初设计规划的占地面积是50亩，首选地段是当时金堂城市黄金口岸，就是现在的二横道附近，但可用面积只有20多亩，不能满足我们的酒店规划需求。何书记代表党委、政府负责的'金裕大酒店项目'小组，对酒店项目相当负责和给力，方方面面都尽可能地为我们着想。可以说党委、政府为了金裕大酒店的筹建，是尽心、尽职地'一条龙'服务。记得在选址的工作中，何书记积极同计经委和建设局、风景旅游局等相关部门沟通协调和研究，后一致认为，既然是金堂的第一家星级酒店，代表的是金堂人民的脸面、金堂城市的形象和窗口，同时也应着力

金堂未来的城市发展需要，酒店的位置应该一步到位才是！"

　　"为此，领导们通过不断研究，最终建议把酒店地址选到当时很火、影响力很大的'成都野生世界'（现金裕大酒店斜对面的蓝光观岭国际社区）对面。理由是门口既是108国道主道，又是金堂县和青白江区的交会处，过往的车流量大，巧借成都主城区大量来成都野生世界的游客和影响力，酒店的生意必然火爆，金堂的影响力也随之得以提升……"

金堂城市全貌（中共金堂县委宣传部供图）

　　听完林大姐关于酒店选址的故事，笔者颇为感慨。金堂县党委、政府对金裕大酒店筹建的相关工作给予无微不至的关怀和高效务实的服务工作，这不仅是金裕大酒店当初成功修建的保证，也是金裕大酒店20年不断发展的动力和源泉。金裕大酒店20年之风采，难道不是金堂政府支持当地千千万万家民营企业健康发展的一大缩影吗？

金裕之花，初心如磐

"作为金堂首家星级酒店，为什么不叫'金堂大酒店'，而起名为'金裕大酒店'呢？"笔者重新开启了话题。

"这个问题问得好。确实，当时我们的县长也建议酒店起名为'金堂大酒店'，理由是金堂第一家星级酒店是金堂的形象窗口！但我没同意，当即给县长及现场的领导们解释道，叫'金裕大酒店'吧。国家改革开放的目的和我们金堂县委、县政府积极支持修建星级酒店的初心应该是一脉相承的，都希望金堂县大发展，全县的老百姓都富裕！'金裕'就是金玉满堂、大家富裕！没想到领导们听完我的解释后，纷纷表示赞同！"

"都希望金堂县大发展，全县的老百姓都富裕……"一句朴实而温暖的话语，既还原了林大姐当时给酒店起名的场景，又道出了她跨行投资修建酒店的初衷——与其说林大姐是为了填补金堂县酒店餐饮业没有一家星级酒店的空白，还不如说林大姐是出于对家乡的热爱和对家乡父老的忠诚。她希望自己的家乡经济发展，尽早改变被外界认为贫穷落后的面貌，更殷切期盼家乡的父老乡亲沐浴改革开放的春风，早日实现共同富裕之梦！

在建设酒店的过程中，原金堂县风景旅游局的行业负责人程勋，在酒店规划、建设及星级评定中积极建言献策，并全程指导。特别是在星级评定时，林大姐感激地对程勋说："程科长，自酒店项目立项到目前的主体完工，您和酒店建设领导小组的所有政府领导一样，为此付出的太多。目前，酒店正在为迎接四川省旅游星级饭店评定委员会的验收，做最后冲刺工作，希望您多指导，并严格要求，尽可能超过国家有关条件要求，这样才算名副其实的金堂首家星级酒店。"

在林大姐高质量、高水平的严格管理下，星级评定时，金裕大酒店得到了专家们的连连好评，被四川省旅游星级饭店评定委员会一次性通过验收。由此，金堂县终于有了真正的第一家三星级酒店，填补了金堂没有星级酒店的历史。

程勋感慨地对笔者说："当时，成都野生世界作为省重点旅游项目落户金堂，给金堂的旅游业带来了前所未有的发展机遇。但由于金堂的旅游接待能力严重不足，留不住大量的游客，大大

1986年，赵镇地区举行庆祝六一国际儿童节大会。图为少年儿童步入会场时的情景
（金堂县档案馆供图）

林大姐高票当选为金堂县第三届慈善会会长（金堂县慈善会供图）

制约了当地旅游业的发展。金裕大酒店的成功落成和星级评定，大大提升了金堂的旅游接待能力和城市对外形象，翻开了金堂经济和社会发展的新篇章。"

金裕大酒店的落成，提振了市民的信心。在当地党委、政府的大力关心和支持下，林大姐超强地克服了家庭和社会重重压力，历经3年艰辛付出，总投资3000多万元打造的金堂首家三星级现代化酒店，如楚楚动人的美少年，于2003年11月18日，在千呼万唤中惊艳登场，时任金堂县委、县政府的主要领导出席了开业剪彩揭牌仪式。

当时，金裕大酒店成功开业的消息，成为金堂的时政新闻、要闻，除了金堂县电视台和报刊媒体及时向全县人民报道这一喜讯，各路媒体也纷纷跟进关注，社会反应强烈。特别是金堂县城的众商家和市民，均在第一时间奔走相告：金裕大酒店开业了，我们金堂终于有自己的星级酒店了！

金裕大酒店的成功开业，确实是拥有百万人口金堂的喜事，翻开了金堂经济社会和城市发展的新篇章。它既结束了金堂百万人口的县城没有星级酒店的历史，也是金堂酒店餐饮业的盛事；它既是金堂招商引资时空里的一场及时雨，也是承载着金堂这座百万人口城市列车快速发展的助推器。

金裕大酒店金色大厅

"非典"撤资，力保本色

"非典"过后，刚刚修建的酒店不仅没有稳定的收入来源，还不断地亏本和不断地投入，这对于一家新开业的酒店是一个致命的打击，亏损几成定局。两位合伙人见此状况，加之他们各自都有其他更重要的项目等着投资，先后要求退股撤资。林大姐在酒店方面，面临着前所未有的巨大的资金压力和酒店稳定的挑战。

危难之处显身手。面对突如其来的变故，林大姐内心既着急，也沉着冷静。她十分清楚金裕大酒店在金堂这座城市发展关键时刻，所扮演的角色极其重要：金裕大酒店绝对不能有半点闪失，应尽一切努力来确保酒店的稳定和发展。否则，金裕大酒店就辜负了县委、县政府的关怀和支持，也辜负了百万父老乡亲的信任！

"酒店合作伙伴分别退股撤资，不管是他们生意上遇到困难，还是从市场投资上去考虑和理解，都是无可厚非的。因为当初是我主动去找他们合伙投资兴建酒店的，这不仅是单纯的生意投资，更是对我个人的莫大信任。是朋友，在关键时，一定要有担当。故，两位合伙人所投资酒店的资金，绝不能一味地按照企业投资管理的方式处理，而应给予彼此信任、理解和人性化的方式，友善解决。有古话不是叫作'不是这根草，栽不死这一耕牛''生意不成人情在'嘛！"林大姐心平气和地对笔者说道。

　　最终，林大姐再次四处借资。她凭借自己可靠的人品，很快借到股东的原始投资款，并以退本付息的方式，很好地解决了合伙人的退股撤资事件，既保障了合伙人的投资利益诉求，也很好地维护了与合伙人之间的关系和情感友谊，同时也保障了酒店的正常运行。故，昔日的酒店合伙人，现在彼此仍然是好朋友。

　　在两位合伙人退股后，林大姐及时召开全体员工参加的股东大会，更改公司工商登记，于是她便成了金裕大酒店的唯一主人。

金裕大酒店员工风采一角

弃医从商，彰显本色

昔日三位股东的金裕大酒店，一下子变成林大姐一个人支撑的酒店，完全超出了她的初衷和预期。此刻，如何处理好诊所、药店和金裕大酒店经营管理事务，这是林大姐人生面对的又一大难题。远近闻名的"林氏诊所"和为病人们拿药的"康民堂"药店，是林大姐全家人当时主要的生活来源和生存之道。巨额投资的金裕大酒店虽是私人企业，但从酒店筹建的初衷和使命以及社会功能来说，它是金堂城市的形象和对外宣传的窗口，是助推当地招商引资，促进地方经济社会发展的润滑剂……

"但古话说得好，一只手只能抓一条鱼，世上哪有十全十美之事，鱼翅和熊掌不可兼得。当时我很为难，只有全身心地投入酒店的经营管理中，才能更好地直面酒店的方方面面，才能更好地协调、处理好经营和管理中的问题，才能确保酒店的健康发展。为了金裕大酒店的正常经营和健康发展，我必须舍车保帅，弃医从商。2014年4月，我毅然关停自己多年经营红火的药店和诊所，举家投入酒店的经营管理中。"林大姐直率地对笔者说。

在酒店发展的关键时刻，林大姐一点不含糊：只有舍小家来保大家了！于是，她果断关停诊所和药店，举家全身心地投入金裕大酒店的保卫战中。为了不让金裕大酒店的使命褪色，为了金裕大酒店的服务质量等进一步提档升级，她使出浑身解数：高薪聘请曾经在锦江宾馆就职的行政高级管理人才和主厨，用专业的人去管专业的事，以保障酒店健康的管理和运营；抓员工的招聘和培训工作，培养出高素质的员工，提升酒店的服务质量；不断创新菜品，汲百家餐饮之长，再将地方人文融入其中，既让外来的顾客更加了解金堂、喜爱金堂，来金堂安居兴业，又让家乡的游子们记住乡愁，荣归故里……

功夫不负有心人，金裕大酒店在林大姐的精心呵护下，认同度和影响力不断地得到提升，人气逐渐旺盛，生意不断向好。经林大姐亲自打理照料，酒店从亏本倒闭危机状况逐渐转变，全面实现了盈利，成为当地知名度和美誉度极高的星级酒店，也为金堂酒店餐饮业树立了一面旗帜。林大姐以她的智慧和毅力及担当，赢得了所有人的尊重和敬佩。

金裕大酒店设计时尚、高雅而又端庄。来到酒店，彩旗飘扬，端庄大气的"金裕大酒店"招牌映入眼帘。酒店层绿叠翠，繁花名树环抱，为游客营造极具品位、享受、休闲的度假和品味美食以及讨论人生与商务的理想空间。足不出户，却犹如置身于花园休闲境地，既能呼吸最清新的空气，又能畅享美妙的休闲时光。

在金堂城市的发展历程中，金裕大酒店留下了浓墨重彩的一笔。这座象征着繁荣与活力的建筑，已经陪伴我们走过20个春秋。20年来，金裕大酒店不仅成为金堂城市的一道亮丽风景线，更是无数人梦想与奋斗的见证者。

今天，笔者同大家一道回顾和总结金裕大酒店风雨20年。林大姐从筹建酒店到弃医从商再到成为如今的行业翘楚，金裕大酒店见证了林大姐和员工们的辛勤付出与艰苦创业。这个历程也是金堂城市发展的缩影，为我们提供了一面镜子，映射出追求梦想过程中值得学习的态度、精神和品质。

一直以来，金裕大酒店都是金堂人民心中的骄傲。它是当地党委、政府机关单位举办各种会议和相关活动的首选之地，也是人们婚庆嫁娶、迎来送往和成功人士商务洽谈最佳之选。这里不仅仅提供住宿、餐饮等服务，更见证了家乡的发展和人民的福祉。

怀着感恩之心的人们，积极主动到金裕大酒店消费，倾听金裕故事，还传承弘扬林大姐的仁爱思想和热爱奉献精神，表达对她的敬意。金堂人充满智慧和远见，"金裕"是福地，是花开富贵、金玉满堂、富足丰乐、长长久久吉祥之地，因此在金裕宴请宾客、举办酒席，寓意着诸事顺利，心想事成，吉祥如意。

在这个值得纪念的时刻，让我们共同感受金裕大酒店20年来的辉煌成就。这家酒店已成为当地的重要标志，见证了金堂县的变迁和发展，为当地经济发展和城市形象的提档升级做出了重大贡献。它见证了金堂的发展变迁，昔日落后的金堂已蜕变成一座繁荣的都市，它的经济建设和社会发展都取得了显著成就。

林大姐和金裕大酒店的故事，是一个关于热爱家乡、关注经济发展的故事，她的经历展示了奋斗与成功、热爱家乡和关注经济发展的理念。她的精神值得我们每个人去学习和传承，而她的事迹也会永远在金堂的历史中留下深刻的印记。

让我们共同期待金裕大酒店在未来继续书写新的辉煌篇章，为家乡的发展贡献更多的力量。

家风传承暖人间

　　2022年6月8日，习近平总书记来到北宋著名文学家苏洵、苏轼、苏辙父子三人的故居三苏祠，在了解三苏生平、主要文学成就和家训家风，以及三苏祠历史沿革、东坡文化研究传承时指出：中华民族有着5000多年的文明史，我们要敬仰中华优秀传统文化，坚定文化自信。要善于从中华优秀传统文化中汲取治国理政的理念和思维，广泛借鉴世界一切优秀文明成果，不能封闭僵化，更不能一切以外国的东西为圭臬，坚定不移走中国特色社会主义道路。家风家教是一个家庭最宝贵的财富，是留给子孙后代最好的遗产。要推动全社会注重家庭家教家风建设，激励子孙后代增强家国情怀，努力成长为对国家、对社会有用之才。

　　金堂林大姐和她所创建的金裕大酒店20周年的故事，便是传承博大精深的中国传统文化和家风，以及认真学习贯彻习近平总书记关于家风传承精神的具体体现。

　　一首雅俗共赏、旋律悠扬的民族风格的《牡丹之歌》，从牡丹历尽贫寒，把美丽带给人间着笔，赞誉"国花"不同凡响的精神品格，让人们对牡丹充满了无限的敬意而广泛传颂。

　　人们只知道牡丹众香国里最壮观，百花丛中最鲜艳，生命娇媚又丰满——这是人们眼里牡丹的富贵形象。但又有多少人知道，牡丹历尽贫寒——它在冰封大地之时，正孕育着生机一片，春风吹来的时候，它把美丽带给人间……这是人们对牡丹的最高礼赞！

在金堂人民眼里，林大姐是大爱的慈善民营企业家、四世同堂幸福人生的典范……但她博得今天"壮观人生"艰辛与拼搏的故事，又有几人知晓？林大姐何许人也，又有多少感人的故事，令金堂社会各界如此敬重和爱戴她？请随这首《牡丹之歌》的音乐，倾听林大姐的故事。

2023年8月1日，林大姐陪二婶在贵州旅行
（金裕大酒店供图）

林大姐的童年，是一段交织着苦难与欢乐的时光，是一幅生活磨难与坚韧并存的人生画卷。林大姐是多子家庭的缩影，在她的引领下，我们得以一窥这个特殊年代的家庭和社会。

林大姐出生在一个中医世家，自小就展现了超乎常人的坚韧和懂事。林大姐从小就以稚嫩的双肩承担起了家庭的重任，她带领着弟弟妹妹，与父母一起努力克服生活中的种种困难。尽管她自己渴望上学，但她为了家庭，牺牲了自己的学习机会。每天的家务事、照顾弟弟妹妹的责任，成为她生活的重心。而她的童年，似乎也在这个过程中悄悄流逝。

小学毕业后，林大姐被母亲赋予了更多的家务责任。一日三餐、柴米油盐、洗衣做饭，成为她生活中不可或缺的重要部分。然而，母亲对她的要求极为严厉，稍不符合期望，就会受到"黄荆条子"的惩罚，她的身上常常旧伤未愈又添新伤。

林大姐并没有被这种严厉击垮，她选择默默承受，用孝心和包容去理解母亲的苦心。为此，林大姐的二爸曾两次从她母亲手中抢过被过分惩罚的她，并将她转移到重庆的舅舅家"避难"。但她考虑到父母白天必须上班，弟弟妹妹没人照顾，便很快回到"久别"的家，再次上岗履职。这是中国人口头上常说的"家鸡打得团团转，野鸡打得满山飞"的忠孝传家的经典再现。

林大姐受母亲体罚的故事，是当时千千万万中国家庭的一个缩影：如林大姐那样默默奉献、任劳任怨的孩子们，他们在苦难中成长，用自己的力量去温暖家庭和社会。如放在当今社会，绝对会是网民们口诛笔伐的家暴和虐待儿童行为，其父母是要被法律制裁的！

在林大姐的苦乐童年故事中，我们看到了一个普通人不屈不挠的精神风貌，用自己的行动诠释了忠诚、报恩和担当。她在生活的压力下，选择牺牲自己的学习机会，为家庭付出，为父母分忧，为弟弟妹妹担当。

一方水土养一方人，一方山水有一方风情。林大姐就像家乡杨柳桥岸的一棵杨柳——给我一方土壤，我便给予一道风景。她不需要过多的呵护和关爱，她的美丽和坚韧来自内心。林大姐在家庭中的存在，就是一道美丽的风景。她，春风拂过，碧玉妆成一树高，虽历尽风霜，却依然坚韧不屈，守护故土，点缀人生。她的事迹，让我们看到了生活中不屈不挠的力量，让我们更加珍惜那些默默奉献、坚韧不拔的人们。

赶集天的赵镇（金堂县档案馆供图）

父爱如山，领航人生

"我们兄弟姐妹的名字，都是父亲按中国传统的家族家谱字辈起的，女的为凤，男的为龙。我是长女，为'德凤'，大弟弟是长男，为'德龙'……"自林大姐懂事起，父亲便对她疼爱有加，不仅是她受委屈时第一个安抚她给予她力量的人，也是传授她中医技能和言传身教领航人生的导师。

林大姐的父亲是一位中医，是有文化、有思想之人。从林大姐有记忆起，她就是被父亲藏在心里、疼在心里的小棉袄。在她替弟弟妹妹受罚后，父亲总是一把将她抱在怀里，一边用他宽厚而温暖的手抹去她委屈的眼泪，抚慰林大姐受伤的心灵，一边慈祥地说："乖，我的凤儿不哭了。弟妹还小，今后你带他们再细心一点，家务事再勤快一些，一家这么多人吃饭，爸妈得天天上班。你受委屈，爸爸是知道的！"

"一个寒冬的大雾天，因我没有把妹妹弄脏的衣服及时洗出来晾干，母亲就拿起扫把狠狠地打我。那天晚上，我做完家务事，刚好走过父母的房间，听见父亲责怪母亲白天打我的事：'哎，我真的不知道怎么说你。凤儿这么小，你今天下手太过分了，她头上的包都还没散！你今后能不能以说教为先，条教在后呢？'"林大姐告诉笔者，那晚听完父亲责怪母亲打她的话，她的眼泪浸透枕头。

知识改变命运，自学方能把握人生方向

行路，还是要靠行路人自己，命运应该掌握在自己手中。林大姐停学在家专职做家务事期间，始终不忘求知求学，她懂得"书中自有黄金屋"和"知识改变命运"的道理。林大姐的父亲不仅是她自学成才的引路人，也是她人生道路上的坚定支持者，父传女业、传承传统中医技能，为林大姐的人生奠定了坚实的基础。

林大姐在一次国庆节逛游图书馆时，被一本书上关于厉归真学画虎和葛洪抄书的故事打动。他们在艰苦的条件下，利用有限的机会和时间坚持自学，最终各自成为名家被载入史册。其勤奋和执着的精神令林大姐钦佩。

当翻到孟子曰："君子深造之以道，欲其自得之也。自得之，则居之安；居之安，则资之深；资之深，则取之左右逢其原，故君子欲其自得之也。"林大姐顿悟。孟子说："君子要按照正确的方法深造，是想使他自己获得道理。自己获得的道理，就能牢固掌握它；牢固掌握了它，就能积蓄很深；积蓄深了，就能左右逢源取之不尽，所以君子希望能自觉地有所收获。"

"是呀，师父领进门，修行在个人……独立学习、独立思考的能力给予的人生意义是无穷的！弟弟妹妹如此优秀，个个读书成绩尚佳。既然是亲姊妹，身上都应承载和流淌着父母优秀的基因与血液。只要自己坚持并养成良好的自学习惯，就可以吸收更

昔日金堂韩滩桥（金堂县档案馆供图）

多的知识，拥有更开阔的视野，丰富人生。"林大姐细嚼慢咽着这段文章，瞬间犹如醍醐灌顶，甘露洒心。

于是，她每天总是把家里的活路安排得井井有条，尽可能地抽时间看书自学。由于自身的天赋好，悟性极高、理解能力很强，再加小学时学习用心，文字基础比较扎实，遇到识别和理解不了的，她就请教身边的《新华字典》。长此以往，林大姐除了常常把弟弟妹妹的课本拿来看，不懂就请教他们，还到邻里的玩伴或者小学时的同学家去借书，以不断吸取更多的知识养分。

林大姐求知若渴，父亲看在眼里，喜在心头。为启发林大姐更好地自学成才，父亲有一次专门为她讲述了西汉大学问家匡衡凿壁偷光的故事：匡衡小时候非常喜欢读书，可是家里很穷，买不起蜡烛，一到晚上就没有办法看书，他常为此事发愁。这天晚上，匡衡无意中发现自家的墙壁似乎有一些亮光，他起床一看，原来是墙壁裂了缝，邻居家的烛光从裂缝处透了过来。匡衡看后，立刻想出了一个办法。他找来一把凿子，将墙壁裂缝处凿出一个小孔。立刻，一道烛光射了过来，匡衡就着这道烛光，认真地看起书来。以后的每天晚上，匡衡都要靠着墙壁，借着邻居家的烛光读书。由于他从小勤奋好学，后来成了一名知识渊博的经学家。

不仅如此，父亲还尽可能安排她参加自己药铺的事务——切中药片、识别中草药、背汤头，并不时给林大姐介绍中医历史，讲述许多关于医者仁心的中医故事，传授自己的中医秘方等。父亲突然为自己安排的系列活路，被聪慧机灵的林大姐看出端倪，这是父亲希望自己成人后有一技之长，便于谋生的良苦用心。

就这样，林大姐在父亲的药铺打下手时更用心、更细心。她不仅常常把父亲口述的中药知识和经验偷偷地记在笔记本上，还趁星期日及其他节假日弟弟妹妹和父母休息的时间，去当地的新华书店看《神农本草经》《黄帝内经》《金刚经》《大学》《伤寒论》《温病条辨》《内外伤辨惑论》《脾胃论》《药类法象》《用药心法》《医法圆通》《医理真传》《经典中医启蒙》等书籍。

"父亲常说，医学浩瀚，昔圣贤悯生民疾苦，传道论经，洋洋如海，愿我多读古书，能助我舟楫之便，得见医灯之明。不懂的，就记录在笔记本上，待父亲空时请教于他，而父亲总是耐心细致地给我讲解其中缘由。这些书籍都是父亲平时给我介绍和推荐的，他让我尽可能多看中药方面的基础知识书籍。"林大姐自豪地告诉笔者。

笔者听完林大姐讲述其父亲潜移默化地教诲她用心自学中医知识的故事，脑海里立即呈现出一幅家庭和师徒之间互相扶持的温暖画面——清晨，阳光透过窗户洒在闺房里，照亮了一本摊开的中药书籍。闺房的空气中弥漫着墨水和纸张的气息，让人感到平静和专注。

这个闺房属于林大姐，父亲的话常常萦绕在她的脑海中。

"不读古书，不足以知今病。不读古书，不足以明中医之理。"父亲总是这样告诫她。

林大姐很珍惜这个机会，每天都在闺房里认真阅读各种中药书籍，笔记记了一本又一本。有时候，她不懂的地方会向父亲请教，父亲总是耐心地给她讲解。

随着时间的推移，林大姐的中医知识越来越丰富，她的眼神也变得越来越坚定。她知道，只有通过不断的学习和实践，才不负父亲的殷切期盼。

在这个闺房里，她不仅学到了中药知识，更学到了父亲的教诲和人生的道理。她知道，医学浩瀚，需要不断学习和探索，才能成为一个真正的中医世家的传承人，像父亲一样悬壶济世、治病救人。

三溪脐橙（中共金堂县委宣传部供图）

林大姐的父亲曾告诉林大姐："中医是中国的传统医学，是医者仁心、治病救人的一门生计，是我们老祖宗流传下来的宝贵财富。你趁年轻，记性好，悟性高，好好记住我教你的药方子，多背一些汤头，也许对你今后的人生会有帮助……"

"我现在左手上的伤痕，就是我帮父亲切药时，不小心被铡刀伤着的。"林大姐笑着伸出左手拇指给笔者看。

林大姐自幼勤奋好学，自学成才，很好地传承了父亲精湛的中医技能和做人做事的"三七人生"精神，为她的仁爱人生打下了坚实基础，也是她成为医者仁心、悬壶济世、医德高尚的当地民间中医的奠基石。

欠条点燃"三分人生"

一个寒冬的夜里，林大姐的父亲把母亲和弟弟妹妹都叫到院子里。只见父亲将家里一个大木柜打开，把满满的一柜子病人所欠的欠条全部拿出来堆放在院子中间，然后用火柴将其点燃。当时，母亲和弟弟妹妹都被父亲突如其来的举动给惊呆了。母亲想说话，但却被父亲举手示意给压了下去，一脸懵地站在原地不动。

"当时点燃的欠条，被屋外吹来的北风吹得越燃越旺，将我和母亲及弟弟妹妹的脸照得通红，烟熏得脸发烫，身上的寒意顿感全无。虽然父亲多年熬更守夜、起早贪黑积攒的钱将化为灰烬，但温暖了我们幼小而童真的心灵。母亲与我及弟弟妹妹一道，吸着欠条燃烧发出的特有烟味，一直静静地在原地站着。"林大姐记忆犹新地对笔者说。

当时，林大姐下意识地透过熊熊跳跃的火焰看父亲，只见父亲两手合在一块，嘴里念念有词，似乎在默默地祷告着："愿天下人无病无灾，无苦无难！"

林大姐的心里特别温暖，也特别酸楚，她感到自己的父亲特别慈爱而伟岸！

突然间，父亲有些哽咽地说："孩子他妈，这些欠条虽然是我们家里近年来辛辛苦苦积攒的救命钱，但乡亲们一直都没来还，放在柜子里都泛黄生虫了，这说明他们现在生活确实不易。其实我已考虑许久，现在还留着这些欠条何用？按往日，大多数乡亲早就来还了！故我今天当着全家人的面，一把火将它们全部烧掉，就算我们拉大家一把，也给子女们做个榜样！"

"当时，只见母亲一手护着妹妹，一手护着小兄弟，热泪盈眶地注视着父亲，频频点头！"林大姐说完，两眼通红地转过身子，目视窗外。

当时，父亲说罢，走到林大姐的面前，语重心长地对她和弟弟妹妹说："德凤，你是大姐，今后的人生路很长很长，你一定要带好他们，好好做人，凡事要换位思考。特别要带弟弟妹妹一定做到这几点，学会过"三分人生"：遇到比你能力强的人要学他三分；遇到比你年长的人要敬他三分；遇到和你能力相当的人要让他三分；遇到不如你的人要帮他三分。这也是你出生时父母给你起名为'凤'的期望，希望你带领弟弟妹妹从思想上飞起来，吃苦耐劳、敢于拼搏，阳光一生！"

"我当时应声答道：'爸，我知道了！'"林大姐记忆犹新，无限感慨地告诉笔者。

林大姐见证父亲亲手烧毁欠条，回想起父亲的谆谆教导，心情变得复杂沉重。她曾经认为，欠债还钱，天经地义。一个人只有收回他人的"欠账"，才能保全自己的利益和尊严。然而，父亲用仁爱之心并以实际行动告诉林大姐及弟弟妹妹：作为一个有责任感和爱心的人，我们要善待别人，关怀别人，需要有自己的道德准则，让人人拥有一份感恩的心态。

父亲火烧欠条的场景，给她留下了深刻的印象。她从心底感慨，一个人不仅要拥有物质财富，更要拥有强大的仁爱之心，方显人生大格局。同时，父亲也教她如何以慈善的心态去对待世间万物。她铭记父亲的教诲，并且努力成为像父亲一样有品格、有初衷的仁爱之人，做一个浸润他人心灵和装点社会风尚的高尚的人。

此外，这个场景还启示着林大姐遵循"三分人生"原则。在人生路上，我们要学会宽容、宽恕，并把同情和善良渗透到生命的方方面面，才能走得更远、更高。

听完林大姐讲述父亲烧病人欠条的故事，笔者不禁想起《围城》中所说的：人生是一副孤独的棋局，人们往往追逐着自己的利益，围着自己建起高高的城墙。然而，当我们放下成见和偏见，走进他人的世界，去关心他们、理解他们、帮助他们时，我们就能够打破城墙，将世界看得更加广阔。正是因为如此，我们才能真正走近人性，找到生活的真谛。

金堂羊肚菌（中共金堂县委宣传部供图）

乡亲拜别，仁爱长者

林大姐的父亲——林维庸，新中国成立前在杨柳桥街上开"林氏药铺"。新中国成立后，药铺被收为国有。在当地父老乡亲心中，父亲是一位医术精湛、医者仁心、医德高尚，长期救死扶伤的中医。他长期为十里八乡的乡亲们带来福祉，备受大家敬重，也是林大姐及其弟弟妹妹学习的榜样。

林大姐自小聪慧懂事。她常常见到父亲为病人看病煎中药，不管病人有钱没钱，父亲都是一视同仁，精心治疗。因此，他深受当地人们的尊重和爱护。林大姐家里的大门从来没有关过，主要是为了方便乡亲们在夜里突发疾病时，能够方便地到家里找父亲看病救治。

在困难时期，林大姐家里从来没丢失过任何东西，反而总觉得没缺少过吃的。这主要是因为，乡亲们为了感谢父亲的医者仁心，常把自家种的茄瓜小菜、花生、红薯、大米等，悄悄地放到林家大门口。

"文化大革命"期间，要搞"批斗"，但谁都不符合条件。在关键时刻，有人提议林大姐的父亲曾经在杨柳桥街上开过药铺，也只有他够格享受"集体教育"。当时队里的父老乡亲都很为难，因为他们都被林大姐的父亲救治过。无奈之下，大伙只好把林大姐的母亲给"推荐"出来，走个形式，理由是林师娘"不劳而获"，平时吃了老百姓夜里送的茄瓜小菜等。

林大姐的母亲在乡亲们走形式"批斗"的过程中，被一个小孩子象征性地抽打了几下。然而，这个小孩子回家后，被他父母捆绑在地，一边狠狠地棍棒体罚，一边声泪俱下地教育："你娃娃简直是一个忘恩负义的畜生。那年的那场瘟疫，要不是林老师及时出手救治我们，我们全家早已死绝了，哪有我们今天的一家人呀！"最后，小孩子的父母将他五花大绑带到林大姐家里，向林大姐的母亲道歉和忏悔。

1979年3月，深受周边村民爱戴、名声远扬的林维庸，因长期救死扶伤，造福乡里乡亲，自己积劳成疾，因病在成都逝世。

3月11日，成都和金堂杨柳桥的天气阴沉沉的。这是林大姐及其亲人们刻骨铭心的一个凄苦日子。

一辆解放牌大卡车，载着林大姐父亲的遗像和悲伤的林家人自成都回金堂。相片中的父亲安详地闭着眼睛，仿佛只是睡着了，但面容却充满了疲惫和哀伤，仿佛在诉说着他一生的辛劳和付出。

灵车至姚渡，正值逢场天，车辆只好在赶集的人海中缓缓地前行。

未及林大姐家人开口，街上赶集的群众已是人潮涌动，如同澎湃的海浪，纷纷朝着林大姐父亲的遗像下跪，仿佛是在向这位曾经悬壶济世救治过他们，给予他们无数帮助的林老师（医生）做最后的告别。

其中，一位面容憔悴的大娘十分引人注目。她眼中泛着泪光，双手颤抖抚摸着遗像："林老师，你怎么就舍得撒手离开我们呢？我们今后有个大灾小病可怎么办哦……"话语间，泪水已滑落。她的行为引起周围群众的共鸣，一时间，哭声响成一片。

林大姐及其家人，被朴实而善良的乡亲们给予父亲的这份深厚的情感打动。他们站在一旁，强忍着心中的悲痛，努力劝解众乡亲……

而此刻，他们的心中，只是在默默地祈祷，希望父亲在另一个世界里，能够感受到他们的思念和祝福。

这场面，让林大姐和家人深感慈爱的父亲在乡亲中的威望和影响。他们也终于明白，父亲的一生，不仅仅是他们的骄傲，更是这些乡亲们生活中的一道亮丽风景。

灵车继续前行，向着家乡杨柳桥进发。在那里，他们将为林大姐父亲安葬，让他安息在这片他曾经付出了无数心血的土地上。

众乡亲围绕林大姐父亲灵车下跪告别的故事，令笔者无限感慨：一个人备受他人尊重和爱戴，不是靠手中的权力和兜里的金钱及淫威，而是要靠人与人之间的真诚和互助友爱的朴实情感做纽带，才最靠谱，才更持久！

外圆内方的母亲

　　林大姐的母亲叫何安菊，是赵镇街上一木匠人家的千金，比林大姐的父亲小8岁。在林大姐儿时的记忆里，母亲在杨柳综合店抓药，父亲过世后被调到云秀综合店任经理。母亲外圆内方，在外给任何人的感觉都是处事圆滑的工作狂。但在家里，母亲不仅是实权派一把手，也是家规的制定者，更是家里唱红脸执行家规的主角。

　　在林大姐小时候，中国千千万万个家庭都是大同小异，孩子大多都是大的带小的，穿的衣服是补丁打补丁，小的孩子一般都是穿哥哥或姐姐穿小了的衣服。家长管教子女绝大多数都是采用"黄荆条子出好人"的教育方式。在林大姐姊妹五人里，她是唯

朝霞映红毗河湾（中共金堂县委宣传部供图）

一被母亲唱红脸和所谓"黄荆条子出好人"的执行对象：弟弟妹妹惹是生非或者玩水把衣服弄湿弄脏，一日三餐没准时开饭或者饭煮得生硬，家里的柴米油盐酱醋茶缺少等，母亲狂骂、扇耳光是恩赐，重者就是扫把和树条子一顿狂揍。她身上常常是旧伤没好，又添新伤。

有次夜里，林大姐强忍着白天被母亲惩罚时头上的青包之疼，把一大家人晚餐后的"战场"收拾干净，准备回自己的房间睡觉时，听见父亲对母亲发脾气："凤儿这么小，你下手也太狠了吧？她能够做到这个份上也不容易了……"

"当晚听见父亲为我说话，我把头捂在被窝里伤心地大哭一场，泪水打湿了被套。"林大姐说。

林大姐的二爸见她被母亲严厉体罚哇哇大哭时，还曾两次把她从母亲的手中解救出来，并跟她母亲翻了脸："你们太不像话了，凤儿已经做得够好了，你们还对她下如此狠手！从今往后，凤儿就由我带！"

"好吧！反正女生外向，我今后老了有儿子们供养！"母亲回怼林大姐的二爸。

林大姐告诉我，第一次她被二爸带到成都家里待了一个礼拜，第二次被带到重庆舅舅家里待了近一个月。但两次都是因弟弟妹妹没人照顾、家务事没人做，她被父亲接回家里，继续以长女和弟弟妹妹心里大姐的身份，干着专职事务长的工作。

"我妹妹很乖，总是在我被冤枉挨打时第一个出面护着我。她一边向母亲哭喊着妈妈不要打大姐了，不要打大姐了，都是哥哥的错，一边扑向母亲，抢夺母亲手中的棍棒……"林大姐笑着欣慰地对我说。

"大姐确实为了我们兄妹几个付出了太多，不仅仅是吃了很多苦、替我们挨打受气和失去读书求学的机会等。哎！现在回想起来，我觉得我们几兄妹确实亏欠大姐很多很多，无法用言语来表达。我们大姐今年已76岁了，除了拥有四世同堂美好家庭，所创建的金裕大酒店也整整20年了。大姐是我们全家人的骄傲和自豪，我希望大姐晚年开心快乐，福寿安康！"妹妹林英感慨地对笔者说。

直到林大姐9岁时，母亲才让她同大弟林德龙一块儿上小学。小学毕业后，母亲便要求林大姐不再继续读书，在家里做家务事，同时也帮助父亲切药片、抓药，协助弟妹完成学业。

自停学后，整个家庭的一日三餐、挑水、割草喂猪兔、徒步到6千米之外的赵镇街上买煤等家务事，就是林大姐的专职工作。不管是春夏秋冬、刮风下雨，还是打霜落雪，她就这样尽职尽责地重复着……

随着岁月的流逝，林大姐逐渐成长，从小懂事、机智手巧的她也渐渐地明白人生的一些道理。

对林大姐专唱红脸的母亲退休后，因是皈依弟子，便同几位姐妹长期在外居住。林大姐并没计较儿时的过往，隔三岔五地买上母亲喜欢吃的木

金堂县三溪镇金峰村的脐橙（中共金堂县委宣传部供图）

耳、黄花、鸡蛋等食品和生活用品，去母亲住地看望她、陪她聊天，直至母亲慢慢年老。

与母亲年轻时口中"养儿防老"恰恰相反，母亲的余年几乎全靠她这个曾经在艰难困苦的生活中一直充当着"出气筒"角色的长女——林大姐。

为此，林大姐母亲在临终之际，长久拉着林大姐的手不放，对林大姐说："凤儿，我年轻时对你确实有些苛刻，但你总是默默地忍受、顺从着。其实我内心也很难受，天下哪有母亲不心疼自己儿女的？但正因你是女儿，迟早是要嫁人的。如果小时候不对你严加管教，怎么能培养出你吃苦耐劳、勤俭持家的品格？假如当初对你娇生惯养，到了男家成家立业后，生活中的柴米油盐等风雨，你又怎么能够挺得过去？古人说，养子不教如养驴，养女不教如养猪。子不教父之过，女不教母之过。母亲是不愿背上女不教母之过的骂名的！"

"还有一件事，是时候告诉你了。我当初背地里做主把你许配给小黄，是因为你为带弟弟妹妹失去了读书的机会。故我工作之余托他人帮忙，给你找一个有正式工作又政治可靠的家庭，这样你成家后日子过得稳定踏实些，也让你父亲和我少操心。今天我们母女俩把话挑明，希望你内心释然并理解我当时所为。我很希望我们下辈子还做母女，那时候，我会对你好的……"

当时，林大姐听完母亲的话语，内心久久不能平静。她激动而又内疚地紧紧握住母亲的双手，热泪盈眶地感恩道："妈，不要说了。小时候您打我，肯定是我当大女儿做得还不够好，让您生气了。正因为我小时候有您对我的严加管教，才有我林德凤的今天。还是您老人家说得好，'黄荆条子出好人'嘛！"母亲听完林大姐的这番话，脸上绽放出欣慰而幸福的笑容，用慈爱的双手久久地捧住林大姐的脸庞，美美地端详着自己一生的骄傲。

2006年阳春三月的一天早晨，正在清江林氏诊所忙着为病人看病的林大姐，接到同母亲一块儿生活的居士好姐妹打来的电话，告诉她母亲已归西的消息。林大姐万万没想到，自己头一天与母亲的见面和对话，竟成为她们母女间最后的告别。

林大姐与父母之间的故事，是一部实实在在的传承家风、诠释家庭关系的重要性和孝道的意义的代表作。它告诉我们，家庭关系是复杂的，需要我们用爱和耐心去经营和维护。同时，忠孝也是中国传统文化中的重要价值观，我们应该尊重和传承它。林大姐与母亲最后见面的对话，充分表达了母亲对女儿的感激和"悔过"之情，既让我们看到了亲情的真挚和珍贵，又让我们感受到了天下母爱的伟大。

每个家庭都有自己的故事，每个故事都有快乐的时刻和困难的时刻，也有不一样的人生主题和轨迹，但最重要的是我们如何面对这些时刻。林大姐的母亲是一个非常坚韧要强的女人，她在家中制定了规则，确保一切都在她的掌控之下。虽然她有时会采取一些严厉的手段来教育孩子，当时孩子们肯定有一些抵触和不安，也有不解，但在那个父命和母命难违的年代，林大姐只好嫁鸡随鸡、嫁狗随狗地认命，同时也做好了一生与命运抗争的思想准备。

当被母亲安排嫁给只有一面之缘且不愿意与其处对象的黄大

哥时，林大姐感到非常困惑和害怕，但当她了解到这个决定背后的原因时，她对母亲充满了感激。母亲通过这个决定为林大姐提供了一个更好的未来。母亲知道这个决定对林大姐来说可能难以接受，但母亲相信这都是为了这个大家庭好，儿女们最终会理解自己的良苦用心。

　　林大姐与她母亲的故事，也提醒我们学会尊重、欣赏和善意理解我们身边的亲人和朋友，因为他们总是用他们的方式为我们做出贡献。林大姐的母亲通过她的决定，向我们展示了她的勇气和决心，她用她的行动来应对困难时刻的挑战，为儿女们的未来努力奠定基础。这让林大姐和弟弟妹妹为母亲的伟大而感到非常自豪。

龚家山油橄榄基地（中共金堂县委宣传部供图）

贤媳端淑人称颂

化腐朽为神奇的四世同堂的包办婚姻

包办婚姻的意思是父母没有经过子女的同意，强行给子女进行婚配。但在几千年形成的特殊社会里，包办婚姻家庭的经营和夫妻相处都比较讲究，不仅需要相互的包容与忍耐，更需要智慧和技巧。

待字闺中的林大姐对自己未来的人生憧憬着，希望自己人生里有浪漫爱情故事，成为自己人生永恒的青春记忆，也渴望自己未来有周公之礼的婚姻幸福一生。但1969年10月1日国庆节，林大姐被母亲责令去与自己处对象的黄登伦家里做客，美梦被现实生活给打破。

黄大哥在国庆节前一天下午，身着一身深色卡其布中山装，推着一辆永久牌自行车来到林大姐家里。林大姐凭借直觉，悄悄地问母亲："上次跟他（黄登伦）见面时就已明确表态过，同时也跟你和父亲说过，我不愿意跟他处对象的嘛！今天他来我们家里做啥子呢？"

"反了你？少说废话！小黄家幺叔回来了，他家明天有客。明天一早，你找一件干净的衣服穿上跟小黄去他家做客。我叫你去，你就必须去！"

林大姐听完母亲命令似的话后，不敢再反驳，只能顺从。

1969年10月1日，是林大姐刻骨铭心、终生难忘的日子。在举国欢庆的这天，林大姐理应是开心快乐的，但无奈的林大姐，却默默无语地跟着黄大哥回家，一路谁也没搭理谁……自杨柳桥

青年林大姐（金裕大酒店供图）

到青白江的泥泞小路，两位青涩的年轻人，经过漫长的步行，终于在中午12点到达黄大哥的家门口。

突然，大院里跑出一群人，大声喊着并奔向林大姐："新娘子来了，快点要喜糖哦……"林大姐定睛一看，只见黄大哥的母亲从人群中走了过来，一边热情地拉住林大姐的手，一边从自己的裤兜里拿出一把红包塞到林大姐的手里，说："德凤，你今天就是我家的最美新娘，别怕，有妈在！"

这时，林大姐才恍然大悟，原来自己已被母亲包办婚姻了！

结婚当晚，林大姐心里五味杂陈，十分烦躁。已为丈夫的黄大哥见状，急忙把自己珍藏的情书拿到林大姐面前："你对我们的婚姻怎么会如此反感呢？你不是一直在给我写信吗？这是你给我写的信呀？！"

林大姐听黄大哥说完话立即回答："我何时给你写过一封信？自从头次到你家里看人户，我就对我母亲明确表态不同意我们两个处对象，也从来没有给你写过一封信。这些信你是从哪里编造出来的？"林大姐反问黄大哥。

于是，林大姐一把从黄大哥手中抢过信，打开浏览了一遍。林大姐傻眼了：这些信根本不是自己所写。

这难道是"上天"专门为自己安排的一场人生的乌龙戏吗？这场戏的总导演会是谁呢？林大姐心里觉得这事不简单！

林大姐婚后回娘家第一件事便是直问母亲："黄大哥手里的信，都是别人以我之名写给他的，我从未给他写过一封信，这是怎么回事？"母亲面对她的质疑说："你现在说这些有什么用？

下来各自好好地把小日子过好吧！"

此刻，一边站着的大兄弟林德龙一直在暗中不自然地笑。林大姐见状，立即上前问他："大兄弟，我看你这么开心，肯定知道这事的内幕……"大兄弟见林大姐这么着急想知道真相，不得已将母亲如何严厉要求自己以林大姐的名义给黄大哥一期期回信的事全盘托出：母亲不仅要求自己每一次以林大姐的口吻给黄大哥回信，还绝对不能把此事透露给任何人，否则家法伺候！林大姐听完大兄弟的话，眼泪唰唰地往下流……

林大姐与丈夫黄登伦成家后，很快便静下心来。既然母命难违，自己不能决定自己的命运，那就只有嫁鸡随鸡，嫁狗随狗，横下心来与命运拼搏！她小心翼翼地努力经营着

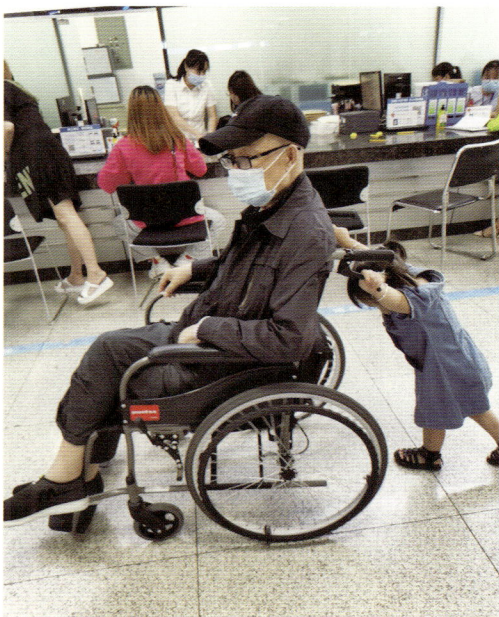

林大姐的丈夫黄大哥享受重孙女推车的天伦之乐

这个小家庭。尽管丈夫（黄大哥）高大英俊、心直口快而善良，但他有大男子主义思想，经常下班回家不是跷二郎腿独自喝茶，就是吆喝上自家兄弟或者邻居一块打长牌，就连家里的扫把倒了都不会立起来一下，对家务事完全不上心。

然而，林大姐从未直接对抗丈夫的坏习惯，而是选择包容和无尽地磨合。在当时人们一切为了柴米油盐打转转的日子里，他们夫妻之间也难免会有磕磕碰碰。

"90年代初，黄大哥反对我借钱在清江街上修房子。一天中午，我把做好的饭菜摆在桌上，等他回家吃饭，谁知他一进屋便把一桌饭菜掀翻在地，反手关门而去，甚至两个月都没理我。还

林大姐、黄大哥在成都锦江宾馆同女儿、女婿、孙女（孙女婿）合影

是我因女儿的事主动找他后，才平息那次风波！"林大姐记忆犹新，笑着对我说道。

尽管丈夫脾气暴躁、性格固执，但林大姐从不抱怨，即使不可避免地发生磕碰生气，她也很快调整心态，把气默默地烧在料理家务事、照料孩子和努力工作中去。"夫妻之间没有对错，家里不是讲理的地方！不是有句古话——夫妻吵架应该是床头吵架，床尾和的嘛。"林大姐爽朗地说。

随着生意的稳定和黄大哥的退休，林大姐经常带他出去考察、旅游和散心。然而，黄大哥因工作原因患上了基础性疾病。从2018年开始，他住进医院治疗。

在黄大哥住院期间，两个女儿轮流照顾他。而林大姐因担任的社会事务太多，则每天晚上8点之前准时去看他，且每天尽可能地陪在他身边安抚他。2023年春节期间的一天中午，林大姐处理完手中的事后径直来到黄大哥的病房看望陪护黄大哥，她一进病房就笑容满面地坐在黄大哥的身边，双手紧紧地握住黄大哥的手抚慰着："今天黄大哥好乖哦，中午吃了多少东西？你想吃啥我就安排春林和春涛给你煮。我身兼社会职务多，有些事又必须亲自参与，所以你要多理解我的难处哈，我会天天抽出时间来陪你的……"黄大哥在林大姐的安抚中，幸福得像小宝贝似的频频点头……这温馨的一幕，被一同前往看望黄大哥的笔者用镜头记录了下来。

黄大哥感慨地对陪护李大姐说："我这辈子值了，不仅娶了个心地善良又贤惠能干的好老婆，还给我生了一双孝顺的女儿，给了我一个四世同堂的幸福大家庭，我下辈子还要找她当老婆！"李大姐感动地告诉笔者。

"母亲确实是我们一家人的骄傲，她所做的一切，展现出的不仅是智慧，更是超出常人的思想境界。她是我们晚辈学习的榜样。"大女儿春林、小女儿春涛十分自豪地对笔者说。

林大姐以仁爱忠孝传家的思想和精神，以自己的睿智和豁达包容的情怀，演绎了婚姻的真谛，她用包容、理解、谦让、关爱和呵护，尽可能地让黄大哥感受到一个包办婚姻下的普通女子对家庭的忠诚、温暖和幸福。

林大姐从母命难违与黄大哥成家，到如今四世同堂、其乐融融的幸福家庭故事，成为包办婚姻的一段佳话，不仅成了乡邻们赞美羡慕的对象，也成了孩子们学习的榜样，对当下社会谈婚色变、不谈朋友、不敢结婚、结婚不敢生小孩的年轻人来说，有深远的借鉴性和引领意义。

林大姐的孝媳生涯

已婚的林大姐，深知婆媳关系和妯娌关系的重要性，稍有不慎就有可能影响家庭的和睦稳定。人们常说抬头不见低头见，处理不好这些关系，整个家庭就有可能鸡犬不宁。只有有效地处理好这些关系，才能让家庭和睦、家庭繁荣。

林大姐，一个普通的中国传统女性，用她独特的坚韧和智慧，演绎了一段段感人至深的孝媳故事。林大姐，伟大的中国女性，在黄大哥青白江的家中十年如一日，以自己的实际行动诠释了孝媳的人生。

黄大哥的母亲一直体弱多病，长期靠药物保养着。一个夏日的傍晚，林大姐做好晚饭去叫婆婆吃饭时，见婆婆将粪便拉了一床，面色痛苦无力，病情十分严重。凭借自己小时候跟随父亲所学的中医知识，她判断婆婆极有可能患的是痢疾病。于是，林大姐急忙骑车请来离家最近的赤脚医生为婆婆看病，后经该医生诊断，婆婆还真患的是病毒性痢疾，病情十分不妙，必须想办法将婆婆送往青白江医院抢救。已怀孕在身的林大姐随即到邻居家借来板车，不仅把自己床上干净的棉被抱到板车上铺好，还将婆婆从粪便打脏了的床上抱到板车上。

在将婆婆送往医院的过程中，黄大哥的二哥努力地在前拉着板车，黄大哥的大哥和林大姐一道使劲地在板车的两边推着，急速前往医院。婆婆在医院抢救的时候，林大姐急忙骑车把正在附近上班的黄大哥接到医院，看望病危的母亲。最终，婆婆经抢救及时，从死亡线上给拉了回来。抢救医生对林大姐及随同的黄大哥几弟兄说："幸亏你们送来及时，如果晚来一两个小时，可能就没命了！"

"林大姐，您当时在抱婆婆到板车上时，有没有考虑自己已是一个孕妇？"

"哪里考虑得那么多哦！当时心里只有一个信念，就是想办法尽快把婆婆送往医院抢救，哪怕只有一线希望，即使当时只有我一个人在家，我都必须把婆婆送到医院抢救，就算我死了，也心安！"面对笔者的疑问，林大姐很干脆地回答着。

在病床前，转危为安的婆婆拉着林大姐的手说："我的德凤呀，妈妈现在的这条命算是你从死亡线捡回来的，这段时间你一直陪伴在我病床左右照顾我，你是我这辈子的恩人！这几天我一直在回想，自从你嫁到黄家，我就一直跟着你一块生活。虽然我生了'一手儿女'（婆婆共生了9个儿女，两个女儿和7个儿子，后只成活了4个儿子），吃的鸡蛋一共加在一起，都没有跟你一年时间给我吃的多。你不仅是林家父母所培养的好女儿，也是我黄家孝顺有加的好儿媳，妈妈希望我们俩下辈子还做婆媳哈……"

"妈，您太夸奖我了，这是我当儿媳应尽的分内事，做得不好的地方您老人家要多理解包涵。只要您好好地养病，然后平安回家，这就是我最高兴的事！"林大姐安慰着婆婆说。过往的一幕幕，让婆婆感动不已。林大姐深知婆媳关系和妯娌关系是家庭

一轮览水城（中共金堂县委宣传部供图）

稳定的关键，因此，她对待婆婆总是以谦恭的姿态去孝敬。在她的照顾下，家庭充满了温暖和尊重。

在妯娌之间，林大姐更是以包容和互助为原则。她从不去议论长短，更不会生出矛盾。家庭中的事情，她总是抢着去干，以身作则。如有大伙出钱等重大的事情，她总是第一个站出来做表率，她知道自己的力量可能微小，但她的行动却让每个妯娌都感受到了温暖和力量。

小弟成长的温馨之力

在人生的旅途中，成人阶段是我们最为丰富、最富有挑战性的阶段。在这个阶段，我们大多数人都会有一些特别的人或事陪伴我们成长，给我们带来深深的感动和温暖。其中，黄大哥最小的弟弟与林大姐的故事，就是这样一个感人至深的故事。

林大姐结婚时，小弟已在部队服役，是铁道兵。1973年，小弟从部队转业回家便跟随林大姐一块生活。当时国家有保送去中专学习的政策，只要成分好，对党和政府积极拥护，平时工作积极向上，便是合适的保送人选。作为五嫂，林大姐看在眼里，喜在心头，后她探听得知：上千人的大队里只有一个名额，竞争压力很大！一向沉着稳定、智慧满满的林大姐极力勉励小弟加速学习（复习）："兄弟，只要自己有信心，再努力用心复习，绝对能够考上的！"在林大姐的鼓励和自身的努力下，小弟最终被成

沱江"飞碟"（中共金堂县委宣传部供图）

金裕大酒店大厅一角（金裕大酒店供图）

都师范学校录取。小弟在校期间，林大姐还节衣省吃，保障每个月准时给予他5块钱的零用钱，直至他完成学业。

在小弟毕业参加工作期间，由于单位不能够提供住宿，小弟每天下班回家住宿。但当时家里没有供小弟单独住的房间，林大姐半夜挖土和挑泥巴，为弟弟修建了一间土坯房。

林大姐的付出和关爱，不仅仅为黄家小弟奠定了稳定的生活基础，更让他感受到了人间真情的温馨和力量。长兄如父，长嫂如母，林大姐和黄大哥的爱与关怀，让小弟在人生的道路上走得更加坚定和自信。

新房不仅仅是一间简单的屋子，更是林大姐慈爱的凝结和对小弟未来的期许。新房的一草一木都蕴含着林大姐的关爱和支持。小弟在新房里度过了自己人生中既艰难又温馨的阶段，他在那里感受到了家庭的温暖和成长的喜悦。

林大姐对黄家小弟的无私付出和关怀让我们看到了人性的光

辉和力量。在这个充满挑战和机遇的成人阶段，我们需要学会关爱身边的人，给予他们支持和鼓励。

林大姐为黄大哥小弟修建房屋的故事，虽然只是家庭生活中的一段小插曲，但我们还是看到了勤劳和仁爱的力量。林大姐不仅是一位极其勤劳的人，还是一位善良、有爱心的人。她的行动让我们认识到勤劳和善良是我们成长过程中不可或缺的品质。

由于黄大哥在黄家兄弟姊妹中排行第五，所以在婆家时，乡里乡亲都亲切地叫林大姐为五嫂或五姐。这种亲切和尊重，不仅仅是源于她的行为和品德，更是对于她的家庭角色的认可和尊重。

林大姐的故事传遍了乡里，她成了每一个家庭妇女的榜样。她在处理复杂的人际关系中，展现出了过人的智慧和耐心。她对待每一位家庭成员的尊重和理解，使得她在十年间赢得了无数人的敬仰和爱戴。

林大姐用她的行动告诉我们，一个家庭的和谐稳定，需要每一个成员的共同努力。而她所展现出的孝顺和仁爱，正是我们每一个人都应该学习和实践的。她的故事也让我们明白，无论身在何处，只要我们心怀敬意，恪守道德底线，我们的生活就会充满阳光和希望。

林大姐的孝媳人生，让我们看到了一个普通女性如何通过自己的双手和智慧，为家庭的美好和谐贡献自己的一份力量。她的故事简单而平凡，却蕴含着无穷的力量和温暖。她的生活经历让我们看到了中国忠孝传统文化的价值所在，也让我们看到了人性的光辉和伟大。

寒冬济困陌生父女，激励自立自强

一个人血液里流淌着慈善大爱的基因，那她注定就有一颗恻隐之心和仁爱行为，这种行为天生、朴实，自然也最真。

年关将至的一天，邻里好姐妹陈大姐（陈宗琼）邀约林大姐一块去赶集，林大姐揣上布票、粮票和现钱，顺带买布料给丈夫做过年穿的新衣。古老的成钢街上人头攒动，热闹非凡。林大姐

记忆里的金堂中河一角（金堂县档案馆供图）

与赶集的人们擦身而过时，听见一句"爸爸，我好饿"！她本能地循声一看，只见一个5岁左右的小女孩耷拉着脑袋，有气无力地伏在一位中年男子的肩头，而男子也没精打采，四处张望。

林大姐见状，急忙上前询问该男子为何不给孩子买点吃的？是否遇到了困难？

男子见林大姐面目慈善，关切地问自己，一下子两眼通红，热泪夺眶而出："好大姐，我是从重庆来此地寻亲的，下车时才发现自己所带的路费竟被小偷偷了，我和女儿在街上转了半天，也没碰见一个熟悉的人……"

林大姐听完这位中年男子的不幸遭遇后，二话没说，直接将身上的粮票和现金全部一把塞到男子的手中。"你赶快带上娃娃去买些吃的，然后你将剩余的钱做回家的路费吧！"

旅途中的林大姐和黄大哥（金裕大酒店供图）

"谢谢了，天下的大好人！你我素不相识，你竟如此信任我，拉我一把，请你留个地址，便于我回头找你报恩。"中年男子对突如其来的救助感动万分。

"用不着，我就是这附近的。谁都有困难的时候……"林大姐说罢便拉着陈大姐消失在茫茫人海中。

在回家的途中，陈大姐开玩笑地对林大姐说："五姐，你今天当大善人，把给你当家人买布做新衣的钱给了别人，当家人过年穿不上新衣服，你不怕吵架、挨打吗？"

"你放心，我有办法的！"林大姐也开玩笑地回答道。

当天，林大姐回到家里，直接将珍藏在箱底的一件最新流行款式涤卡外衣拿出来，以友情价转让给隔壁邻居，拿上钱再到集市上去买布为丈夫做新衣服。

过年时，当黄大哥穿上林大姐递来的新衣服时，双手紧紧地按着林大姐的双肩，感动地说："德凤，难为你了！穿这件新衣服的人本应是你，你用仁爱之心去救助街头落困的父女俩，让他们回到温暖的家里，而你把珍藏在箱底一直舍不得穿的唯一一件新衣服，转让给邻居李姐，再为我缝制这件新衣服。此事我早已从乡亲们的相传中得知，但你却在我面前只字未提，你好一个德凤了得！"黄大哥一把将林大姐揽入怀中。这一刻，林大姐像一只幸福的小鸟，激动得热泪盈眶。这也是林大姐一生难忘的最幸福的一个春节。

林大姐的仁慈善举在当时的社会非常罕见。在20世纪70年代，物资匮乏，生活艰辛，很多人都难以维持温饱，更别说在经

　　1979年父亲逝世后，大兄弟林德龙在城厢金堂师范学校读书，二兄弟林德虎、三兄弟林翼都是知青，小妹林英在杨柳中学读高中，家中里里外外均由母亲一人操劳。但作为一名乡镇综合店经理，母亲因工作环境所致，无法全面照顾家里，故多次劝说林大姐回来接父亲的班。因父亲生前在杨柳综合店上班，故林大姐接父亲的班后，也就在杨柳综合店上班。

　　就这样，已是两个女儿母亲的林大姐，不忍母亲过度劳累和影响弟妹们健康成长，便以接父亲的班为由，阔别生活了10年之久的青白江黄家大院，回到金堂杨柳桥娘家，与自己儿时最亲密的玩伴——弟弟妹妹大团圆。兄弟姐妹再聚首，外加两位大姐的千金，分外亲切。回到杨柳桥的很长一段时间里，林大姐每当看见家里的一砖一瓦和家乡的一草一木，都会勾起她儿时的回忆：儿时的自己如何带幼小的弟弟妹妹；父亲激励自己自学成才、教自己中医知识、切药片，以及母亲体罚自己时父亲对母亲发火抗议、火烧欠条时对自己教诲等画面在脑海里时隐时现。她暗暗发誓，一定要做一名合格的、像父亲一样的中医技能传承人，并以父亲悬壶济世、医者仁心的精神去造福乡邻，用父亲的谆谆教导去做人、服务社会，回报家乡。

康民堂药店一角（港视文化供图）

　　林大姐的家乡叫杨柳桥，在岁月的长河中，它被毗河两岸的杨柳树装点得美如画。杨柳桥、毗河和杨柳是林大姐及弟弟妹妹儿时最美的玩伴，也是心中最美的儿时记忆。此刻，笔者唯将《红枣树》的歌词改成林大姐家乡的《杨柳树》，方可诠释林大姐当时的内心世界：

家乡那棵杨柳树

伴着我曾住过的老屋

有过多少童年的往事

记着我曾走过的路

当初离开家的时候

柳絮纷飞满枝头

每当我孤独的时候

就想起家乡一草一木

杨柳树

家乡的杨柳树

儿时疼我爱我的人呀

现在你身在何处……

杨柳树

家乡的杨柳树

随着那蹉跎的岁月

你依然守土如故……

"康民堂"牌匾（港视文化供图）

自接班起，林大姐便抓住每一刻，熟悉父亲生前所传的中医知识，并将这些知识妥妥地发挥到自己的工作岗位上。她先到杨柳桥国药店抓药，后到清江镇国药店上班，再到赵镇国药店上班。由于她有父传的深厚中医功底，工作上尽职尽责，从不挑肥拣瘦，绝对服从领导的安排，支持领导的工作；对待同事争挑重担，友善互助，想他人之所想，急他人之所急；对待前来抓药的乡亲们，总是热情接待，拉家常，问虚寒，大家都亲切地叫她为林大姐。

"林大姐不管在哪里工作，人气都特旺，既是单位表扬的对象，也是同事们心中的好同事、好姐妹，乡亲们心里的'好医生'！"林大姐曾经供销社的好朋友、原杨柳卫生院的医生、现成都市青白江弥牟医院的医生李道彰如是说。

在杨柳工作出色的林大姐，被调到金堂县清江镇（现已变为官仓街道）国药店工作。其间，既是一名出色的药剂师，也是单位的副经理。

在改革开放初期，国家的政策开始允许并鼓励私人开设药店和诊所。这个消息对于一直有着开设药店梦想的林大姐来说，无疑是一个绝好的机会。林大姐一直对于父亲的中医秘方有着深厚的兴趣，她希望能够通过开设药店，将这些秘方发扬光大，同时也为自己家庭寻找一个稳定的实体经济来源。

一个周末的晚上，林大姐与黄大哥沿着清江镇旁边的中河散步，便对丈夫说："我们开一个私人药店吧，现在国家政策这么好，我也好把老父亲传授给我的中医技术传承弘扬下去，这也是改善家里经济条件的一个好机会！"黄大哥沉思片刻，紧握林大姐的手，高兴地说道："太好了，这确实能充分发挥你的专长，但你身上的担子可大了！"

然而，当林大姐提出开药店需要租铺面，倒不如自己在清江镇修铺面时，黄大哥却坚决不答应："两个女儿正在读书，我们都是靠死工资吃饭的，家里每月的开销又这么大，哪里来的余钱？再者，两个女儿长大是嫁入他家的，咱俩何必找这份罪受？"

"自己既然要停薪留职专心开药店，就必须做更长远的规划和打算。开药店要租房，就不如自己在清江镇修房子，既有稳定的店铺，又可将家也安置在此，这一举两得的事，何乐不为呢？"

"你面子大，借了不还吗？……"黄大哥还是坚持不干。

"钱，我们可以想办法。女儿长大不管成家何处，她们永远都是我们的女儿，难道还成为别人家的女儿了？何况，女儿长大后，也可以直接安家在清江嘛！"

"女生外向，能把自己管好就不错了！"黄大哥性格要强，急性子，见林大姐坚持借钱修铺面，转身离去，将林大姐一个人留在原处。

要开药店，没有房子哪行？林大姐思来想去，不管丈夫同意与否，她决心已定！

林大姐平时就是做事果敢、雷厉风行的人。她为了抓住国家关于小城镇建设与允许私人开设药店和诊所的政策，实现自己开药店，传承父亲所传授的祖传中医技能而造福乡邻的梦想，便四处借钱、凑钱，很快得到了亲朋好友们的支持、帮助。当时，她的二爸和二婶第一时间将5000块钱现金装进新买的高压锅内，搭乘公交车径直到她家里来给她；作为朋友的三台麻纺厂的许总也在第一时间通过邮局给她寄来了5000元。这些亲情、友情温暖的援助之手，是她坚持在清江镇修铺面时的一场及时雨，让她在关键时刻感受到了人间真正的仁爱。

林大姐妥妥地搭上了那时候政府搞小城镇建设，鼓励大伙儿入镇自建房的班列。这无疑是林大姐及全家人一个大好的发展机会……

于是，林大姐一边着手凑钱自建铺面，一边计划着向单位领导表达停薪留职开药店的愿望。当林大姐向单位领导表达愿景时，领导却告诉她："介于你工作出色，上级领导正准备将你调到赵镇国药店去上班呢……"林大姐听完领导的话，既激动又忐忑，这是单位和领导对自己工作的一种肯定和赞许，同时感觉自己停薪留职的想法很可能不会被单位批准。

几天后，林大姐被领导叫到办公室："经组织研究，可以同意你停薪留职去开私人药店,将你父亲所传的中药技能发扬光大,造福更多的家乡父老,但在离开单位之前,你必须给单位培养一两个业务技能全面的人接替你的岗位,经考核合格后,你再走人!"

林大姐感受到了单位对自己的信任与关爱。于是,作为单位副经理的她在半年之内,将自己所掌握的业务技能,毫不保留并手把手地传给了单位指定的同事,为赵镇国药店培养出了一批合格的接班人,并有效地保障了原单位的正常运行。1990年,林大姐终于如愿以偿,享受到了国家停薪留职的待遇。

在众人的帮助下,林大姐终于修建好了铺面,1990年在清江镇开起了第一家药店,店名为"康民堂",意为天下老百姓康乐幸福,这也是她父亲生前对她的教诲!

一分耕耘一分收获,几许汗水几许成果。自康民堂药店开业以来,林大姐为了更好地服务父老乡亲,每天白天看病,深夜两三点还在博览中医群书、钻研医学理论,充实自己,直至她到成都的大医院进修。林大姐终于在自己50岁时,以满意的成绩,通过了严格的中医技能考试,顺利地考取了执业医师资格证。

由于林大姐悟性极高,再加所用药物严格考究并采用传统炮制,药效上乘,药店不仅为当地居民提供了医疗服务,也成了传承和弘扬中医文化的重要场所。林大姐时刻牢记父亲生前医者仁心的谆谆教诲,她将父亲所传授的祖传治疗呼吸道疾病等技能与自己进修时所学理论知识充分融合,一个个久治不愈的慢性支气管炎患者,服用林大姐的药后,几乎立竿见影,很快就见效。

严把药材关，固守医德底线

在古老的金堂清江小镇上，中河和北河分别绕城而过，仿佛两条丝带，将这个小镇缠绕得异常美丽。在这个小镇上，有一家林氏诊所和康民堂药店，每天都会有许多病人前来排队求医问药。林氏诊所和康民堂药店的老板就是林大姐。

林大姐不仅在当地享有盛名，甚至远在周边城市的人们也会慕名而来找她看病。她的药店和诊所生意异常红火。她深知人命大于天，救死扶伤是医生的天职。因此，她始终坚持充分发挥自己的中医技能和地道的药材优势，以保证患者的疗效。她认为，医生绝对不能赚昧良心的钱。这一点，她始终牢记在心。

为了确保自己所开出的药方和药剂的疗效，林大姐对药材的采购把控十分严格。她专门在药材的出产地设置培养种植自己所需要的药材基地。2014年4月的一天，为了保证药品的质量，林大姐特地安排一天时间出去考察、了解一家即将采购的药厂。

在参观完该药厂的系列产品后，林大姐要求对方带她去自己常用的大黄和白芍中药炮制车间看看。懂行的她伸手从一个个炮制池子中抓起一把都"溶了"的大黄，池子里所炮制的"药水"看起来酷似牛尿水，一点药味都没有。来到白芍炮制池子，其景象也大同小异……

林大姐凭借自己的直觉和多年从医经验，认为这家药厂的大黄和白芍药品极有可能无法保障药效，她随即打道回府。

林大姐从药厂回到药店，药厂的一幕幕在脑海里不断闪现，在心中掀起波澜，她心里阵阵巨痛：技术再好的医生，没有真材实料的药材和药品，怎么能治好病人？巧妇难为无米之炊呀！这是人命关天的事啊！

"这天，我把自己关在诊所里，伤伤心心地痛哭了一场！"林大姐两眼闪着泪花微笑着对笔者说。

这次经历让林大姐深深明白，药材的质量是医疗工作的重中之重。自从与这家私人药厂零距离接触后，林大姐的林氏诊所和康民堂药店的所有药品，必须走当地卫生局的正规渠道，从正规的厂家采购。"当时，康民堂药店便成为当地老百姓较为信赖的拿药和福音之地。"当地居民林洪勇如是说。

林大姐说："那时来诊所看病的人太多了，经常累得连上厕所的时间都没有，等把病人看完，吃午饭的时间早就过了，由于喝水少和久坐不动，脚肿得老高。虽然觉得非常劳累，但一看到病人痛苦和期盼的眼神，就会有一种恻隐之心，当时只有一个心愿，把患者的病因找准，下对药，让病人能早日康复。一旦得到患者病情好转的消息，我就会感到特别高兴。"

林大姐秉承父亲悬壶济世、医者仁心的精神，坚持做一个有良知的医生，不赚黑心钱，造福乡亲的故事，对现实社会的医德医风建设有很好的借鉴和启发作用。她的坚守和执着，让我们看到了医生应有的责任和担当，也让我们更加重视药品的质量和疗效。林大姐的故事，无疑给我们带来了深刻的反思和启示。

听了林大姐对药材和药品的严格把关故事后，笔者方才知道她的药店当时的生意为啥那么好，到林大姐的诊所看病拿药的人，为什么天天排队等候就诊？为什么四面八方涌来的病人都称林大姐是悬壶济世的民间中医高手？这一切的一切，都源于林大姐对生命的敬畏，对医疗质量的极致追求。

这不禁让笔者想起了唐代苏拯《医人》的诗句："古人医在心，心正药自真。今人医在手，手滥药不神。我愿天地炉，多衔扁鹊身。遍行君臣药，先从冻馁均。"

林大姐传承父业弘扬中医事业的故事，让我们看到了中医文化的魅力和价值。在当今社会，随着科技的进步和现代医学的发展，中医在一定程度上被忽视甚至被淡忘。然而，林大姐的故事告诉我们，中医不仅是一种医疗技术，更是一种文化传承和精神信仰。它代表了我们对自然的尊重，对生命的敬畏，对人类的关爱。

在林大姐这段圆梦开药店和诊所行医治病救人的故事中，我们还能看

甲斯孔乡中心学校向林大姐所送锦旗
（金裕大酒店供图）

金堂县第一人民医院新院全景图（中共金堂县委宣传部供图）

到一种感恩回报的精神。林大姐在实现自己梦想的过程中，得到了众亲朋好友的帮助和支持。她不仅没有忘记这份恩情，更是用自己的行为体现出了感恩回报的决心。她的药店成了当地医药服务的重要场所，也为父老乡亲提供了各种帮助和关爱。这种感恩回报的精神，也是我们在生活中应该具备的品质。这种品质既是杨柳桥故土培养的杨柳精神，也是父母良好家风的传承与弘扬，同时还完美地诠释了医生的天职不仅仅是治病和保护生命，更应捍卫崇高的医德和风尚！

回顾林大姐停薪留职开药店和诊所的经历，我们可以看到一个普通人在改革开放的大潮中，如何通过自己的努力和坚持，实现自己的梦想。它让我们看到了一个普通人在时代变革中所展现出的勇气、坚持和智慧。她的故事感人至深、激励人心。它告诉我们，只要有梦想、有勇气、有坚持，就一定能够克服困难，实现自己的目标。希望我们都能从林大姐的故事中汲取力量和智慧，为实现自己的梦想而努力奋斗。

关爱风烛残年失子老人，
彰显医者仁心风尚

医者仁心，大爱无疆。自开药店和诊所以来，林大姐一直关爱救助社会弱势群体。她经常为那些经济困难的人提供免费治疗，帮助他们渡过难关。

在20世纪90年代中期，初秋下雨的一天早上，林大姐早晨6点半按时打开铺面，一位身患残疾的老人已出现在药铺门口，老人头顶一个用过的化肥塑料袋，一身漆黑，只露两只眼睛在外，当时将她吓了一跳。

"见他身体有些颤抖，一条补丁裤子也被雨水打湿，我立即回房间找来一条黄大哥的裤子，让他赶快进屋换上。待老人家换上干净裤子后，我让他坐下，但他坚持站着。一双长满老茧的手将用稻草捆绑的一大沓元、角、分混合一块儿的钞票递给我，让我收下……"

"林医生，这是我捡破烂积攒下来的钱，请给我家里体弱多病、长期咳嗽还吐血的老伴抓一服中药吃吧！"

"老人家，请您把这些钱收起来装好，我会给您拿药的！请问您老人家从哪里来？今天下这么大的雨，天还有些凉，您这么大的年纪这么早就赶来拿药，您应该在家里才是呀！您家的子女怎么没来帮忙拿药呢？"林大姐十分关切地安慰着老人。

老人听完林大姐真切关心而温暖的话语，顿时热泪盈眶，叹

医护人员给病人端水（中共金堂县委宣传部供图）

气回答道："林医生，您真是个好医生，您是在世的活菩萨呀！我昨晚就开始从几十里外的什邡走路过来的，家里唯一的独生子因事故早已不在了。现在家中只剩我和常年卧病在床的老伴！"

"哎！好一对不离不弃的患难夫妻！"林大姐心里非常酸楚，但也很感动，恻隐之心再次被深深地触动。感动的是这位老人对家人不离不弃的担当和对自己的信任，酸楚的是这位老人的命运和家庭状况，是"屋漏偏逢连夜雨"的患难家庭呀！林大姐当即免费给这位老人的老伴送了几个疗程的药，还给他50元钱，让他坐车回家。

"林医生，您真是个好医生，您是在世的活菩萨呀！"老人感动不已，布满皱纹的脸瞬间挂满泪水。现在回想起来此事，林大姐心里仍然久久不能平静。

这个故事让我们感受到了人间的温暖和爱。林大姐用自己的行动诠释了什么叫作"悬壶济世、医者仁心",她不仅是一位出色的医生,更是一位充满爱心和责任感的仁爱之人。她的仁爱善举不仅帮助了那位老人和他的老伴,也为我们当今社会树立了一个榜样,让我们明白了人与人之间的关爱和帮助是多么重要。在这个世界上,我们每个人都需要学会感恩和付出,让爱和温暖传递到每个角落。

林大姐传承良好家风,悬壶济世,医者仁心,并以精湛的医术和高尚的医德,赢得了广大患者及社会的普遍认可,林德凤、好医生——林大姐的美名就这样被一传十,十传百,传遍大江南北、五湖四海。

治愈老首长，心怀大爱

1993年，一位家住北京的老人因患老年性哮喘多年不愈，后经人介绍、引荐得知，成都市金堂县清江镇有一位名叫林大姐的中医师，擅长治疗各种疑难杂症，特别擅长医治哮喘、呼吸道方面的疾病。当时，因行动不便，老人便请在四川的同事专程找到林大姐为自己开药，同时通过同事的电话向林大姐介绍自己，并详尽地向林大姐讲述了自己的病情……

林大姐认真听完这位老人的病情介绍后，便用心地给他配制了传统的两个疗程的中药，交由老人的朋友捎回供其服用。经过一段时间的治疗，老人的病情明显减轻，最后竟然痊愈了。

神奇的疗效让老人对林大姐的医术深感敬佩。1997年，老人在亲人的陪伴下专程来到成都，以看病为由，实则是为了亲自见见医术精湛、把自己久治不愈的哮喘病给治疗好了的民间中医高手——林大姐。当时，老人请专人把正在为病人看病的林大姐接到成都金牛宾馆，设宴答谢其治病之恩。

在宴会上，老人与林大姐亲切交谈，不仅表达了自己对她的感激之情，还赠送她一支金灿灿的派克钢笔，并语重心长地勉励林大姐："您有如此好的医术和医德，是一位了不起的民间中医高手。希望您能用这支笔，开出更多的良方去治病救人，造福更多的天下苍生。"

在送别林大姐时，老人还主动提出与她合影，以资鼓励留念。后来林大姐得知，他原来竟是一位老首长。尽管被这位老首长亲自接见和勉励，但林大姐并没有因此而骄傲，也没有用于个人炫耀和商业炒作，反而更加专心地钻研医术，服务于更多的患者。

林大姐在开办诊所的日子里，药店门口几乎天天有患者排队候诊，成为当时清江场镇一大景象。为此，林大姐每天起早贪黑，兢兢业业地用自己的专长为病人解除痛苦。她总是耐心地倾听每个病人的痛苦，用心地调配每一剂药物，用她的慈悲心和大爱的魅力治愈着一批又一批的求诊患者，让他们在病痛中看到温暖和希望，感受到生活的美好。林大姐的行为展现了一名有信仰的中国普通劳动妇女博大的情怀，也诠释了什么是真正的医者仁心和崇高的医德医风。

金堂县妇幼保健院全景（金堂县妇幼保健院供图）

情系卫生事业，功在千秋

在林大姐的办公室里，一座古典吊钟分外醒目，虽历经20余个春秋，依旧庄重而威严。它是林大姐情系家乡卫生事业的见证者和故事的讲述者。

1998年的春天，金堂县隆重召开两会。作为一名第一次当选的县政协委员，林大姐心中充满了激动和期待。在会议期间，她参加了一个由县卫生局副局长郭秀芳组织的卫生系统小组讨论。

在讨论中，郭副局长向与会人员介绍了当时全县的医疗情况。全县46个乡镇卫生院，基础设施很差，根本没有心电图机、B超机、放射治疗机等基础设备。同时，乡镇卫生院属自负盈亏单位，许多被分到卫生院的医护人员，每月连工资都发不起。听到这些，拥有对生命敬畏之心的林大姐眼眶红了，她原本想借此机会说些建议，但在这个瞬间，她却无语了……

当天晚上，林大姐无法平息内心的震撼和期许，她满脑子想的都是基层卫生院条件差，医务工作者期盼发放工资的画面。她辗转反侧，夜不能寐，心中充满了无尽的忧虑和思考：假如这些离县城偏远地区的乡镇遇到有突发事件，会出现怎样的后果？老百姓怎么办？不敢想象……

第二天一早，林大姐决定将药店和诊所积累的10万元积蓄全部取出来，捐赠给县卫生局用于基层卫生院的改造。正值单位的上班时间，她背着这笔钱径直走进了县卫生局的大门。她把10万元钱放在了局长办公室的桌子上，对时任局长的吴康有说："吴局，为了家乡的医疗卫生工作，你们辛苦了！我昨天在政协小组会议上知道，我们县里偏远乡镇医疗基础设施很差，我作为一名县卫生局指导关心成长的个体医生，深知这件事的重要性，我们再苦也不能苦了刚出社会参加工作的大学生和基层的医生们，更不能不顾这些地区百姓的生命健康，这里也有我一份责任。这是我近年攒下的仅有的10万元，我将它捐赠给局里，请将这笔款项用于改善偏远地区乡镇基层卫生院的基础设施，数目不多，这是我个人的一片心意，请收下！"

在那一刻，时任局财务科科长王世福惊呆了。采访中，

1999年4月金堂县卫生局赠送给林大姐的古典吊钟

他感慨地对笔者说："天呀！我们后来才知道，这10万元是林大姐药店进药款，几乎是她诊所和药店的全部家当。我作为局里的财务负责人，是第一次接受社会捐赠这么多钱嘞！"面对这笔钱，王科长感到无比震撼，回想起来，仿佛就发生在昨天。

郭副局长在接受笔者采访时感慨无限："林大姐的爱心故事很多，她是我们金堂人民心中知名的慈善家，也是大家的骄傲。你们这次一定要把林大姐大爱的故事好好地挖掘出来，用尽一切美好的词汇去赞美她！你们应该知道，那时候人们的工资才300多元，我们县城的商品房房价才200多元一平方米。作为个体医疗者，捐献这个数，真是不敢想象！这不仅仅是金钱和数字，也是一位平凡的女人崇高的仁爱思想及壮举呀！"

"那年，我刚上任当局长，全县的医疗状况可以用一个成语来表达——举步维艰！全县上千名医务工作者吃、穿、住、行都很为难啊！尤其是乡镇卫生院。上边要求我们尽快达标，真是'巧妇难为无米之炊'。林大姐这笔钱放在现在已超过100万元，当时真是我们县卫生局的一场及时雨，也真是解了我这个局长的燃眉之急！"吴局长如此感慨道。

林大姐的举动不仅得到了县卫生局的高度认同和赞许，更在全县个体医生中掀起了一场共建基层卫生事业的高潮。1998年的金秋，在金堂县卫生局会议室里，针对林大姐的豪捐善举，隆重地召开了全县个体医生表彰大会。会场气氛热烈，与会者听完林大姐捐巨资支持基层卫生事业建设的事迹后，深受鼓舞，纷纷解囊捐款，200元、1000元、5000元……大家争先恐后。一场共建

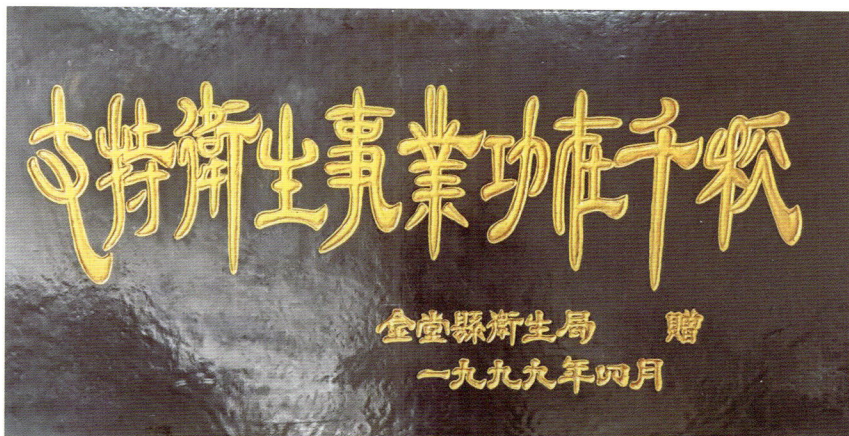

1999年4月金堂县卫生局赠送给林大姐的牌匾

金堂县基层卫生事业的高潮由此掀起。

在本次会议捐赠仪式后，吴局长和郭副局长代表县卫生局，将刻有"支持卫生事业功在千秋"的牌匾和一座古典吊钟合力抬上主席台，颁发给林大姐。这一刻，林大姐的眼眶湿润了，心被感动填满。

郭副局长告诉笔者，当林大姐上台从她和吴局长手中接过证书和牌匾及吊钟时，全场与会的200余名基层医疗工作者不由自主地站了起来，热烈的掌声经久不息。这一幕幕场景见证了林大姐的爱心壮举和她支持基层卫生事业的无私奉献。

如今，金堂县的基层卫生事业已经发生了翻天覆地的变化。林大姐的这份大爱和善举的影响带动，不仅改善了乡镇卫生院的基础设施建设，也激发了更多个体医生和社会各界人士的积极参与。这些捐款被用于购买医疗设备、改善医疗条件、提高医疗服务水平等方面。经过多年的努力，金堂县的医疗卫生事业逐渐走出低谷，焕发出新的生机和活力。

　　然而，对于林大姐来说，她所做的只是为了尽自己的一份力量来支持基层卫生事业。她的爱心和无私奉献不仅让越来越多的人得到了优质的医疗服务，更唤醒了社会的责任和关爱意识。

　　林大姐的事迹不仅在金堂县传为佳话，更在全社会引起了广泛的关注和赞誉。越来越多的人开始关注和支持基层卫生事业的发展。这一壮举不仅展示了林大姐的爱心和勇气，更体现了全社会对医疗卫生事业的关注和支持。

　　如今，金堂县的医疗卫生事业已经取得了长足的进步和发展。然而，我们不应该忘记那些为这一进步和发展付出过努力和奉献的人。正是他们的付出和奉献才使得我们的医疗卫生事业能够蒸蒸日上，才让更多的人享受到优质的医疗服务。

大道至简 金牡丹

乐善好施共建富美家园

　　在金堂县，林大姐的名字如同一面旗帜，飘扬在仁爱思想感召之下乐善好施的海洋中。她不是政治家，也不是资产庞大穿金戴银的富姐，但她在普通百姓心中的地位，比那些遥不可及的权威更显赫。她是一个对社会扶危济困、广济苍生有着无尽热情的大慈善家。她的仁爱思想和善举，如同春天的阳光，温暖着每一个需要帮助的人。

　　林大姐的慈善之路并非偶然，而是源自她内心那份对家乡人民的深厚情感。多年来，无论是母亲节、重阳节还是春节，她都会带领员工到社会福利院和黄桷垭、清江镇等地的敬老院，开展敬老爱老、扶弱济困等慈善公益活动。每年捐款累计5万余元，她的善款像春雨般滋润着每一个需要帮助的人。在清江镇敬老院，林大姐总是每年重阳节当天，给予2万元的现金和2000斤大米，慰问敬老院的老人们。当摄制组走进该敬老院走访林大姐关爱敬老院的老年事业时，该院的老人们纷纷围住摄制组，不约而同地齐声高呼："林大姐，我们感谢你！"他们的笑容和感激之情溢于言表，那是对林大姐无尽的感谢和敬仰。

"林大姐还每年为赵镇街道老年大学捐赠2万元，用于为百余名自发组织的老年学员聘请老师、学校建设和日常开销，使学校得以生存下来。林大姐的爱心滋润着每一个老人的心田。"赵镇街道党工委委

金堂县赵镇老年大学所赠锦旗（金裕大酒店供图）

101

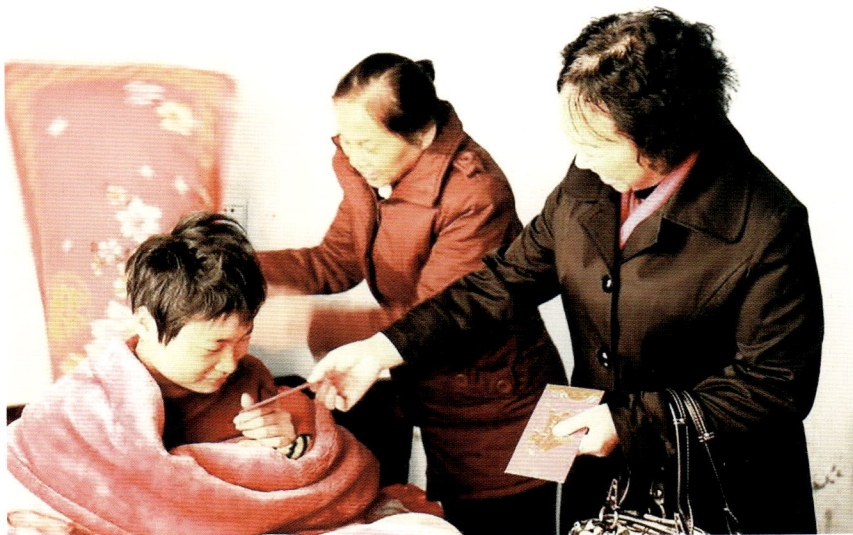

林大姐心系民生看望慰问群众（金裕大酒店供图）

员、街道办副主任刘林感慨地告诉笔者。

在洪灾期间，林大姐提供金裕大酒店给几百辆社会车辆洗车和免费停车，同时还为近200名受灾群众提供无偿淋浴服务。她的行动如同雪中送炭，给予了受灾群众无尽的希望和温暖。

疫情期间，当得知金堂县201监狱100余名狱警的餐饮无法保障时，林大姐第一时间向相关部门申请，希望充分发挥金裕大酒店独特的地理位置优势和成熟的科学管理优势，为他们做好防疫保障服务。在有关部门研究批准后，她为201监狱的狱警们设置专用楼层和餐厅，为一线干警提供优质服务，受到了所有干警的一致好评。

在"儿童保护周"期间，林大姐捐款5万元，帮助患罕见病、血友病、白血病等疾病的儿童，联合县慈善会共同护卫儿童健康成长。她的爱心如同明灯，照亮了这些孩子的人生道路。

清江镇派出所新建的办公楼修建好后，一直空置着没有投入使用。这一切被林大姐看在眼里，急在心头。为了解决派出所的困难，她出资5万余元购买所需办公设备，并答应每年出资2万元给予治安巡逻油费补贴，以表示自己对派出所维护一方平安的敬仰之情。

林大姐的善行和关爱已经深深地影响了金堂县的人民。她的行动如同一面镜子，照亮了人们的心灵。她的善良和无私奉献让人们看到了人性的光辉，也激发了更多人投身于慈善事业的热情。

林大姐的故事将继续在金堂县流传下去，她的名字将永远镌刻在金堂县的历史长河中。她的精神将激励更多的人去行善事、做好事，让这个社会充满更多的爱和温暖。

2023年6月28日，金堂县慈善会第三届会员大会第一次会议顺利召开，林大姐被高票推选为新一届会长。我们祝愿金堂县的慈善事业在林大姐的带领下，花香四溢、硕果累累！也祝福林大姐好人一生康乐、平安！

豪捐家中典藏宝器，助力当地馆藏事业

宝器的本意是价值不菲、具有很高的文物典藏传承价值的物件。中国的档案馆，是一个时代文明积累、文化传播和个人成长过程的记录和见证者，具有举足轻重的作用。各地政府十分重视馆藏建设工作。

2017年10月，金堂县档案馆新馆建成。为了丰富金堂县的馆藏档案，发挥地方档案馆的文化引领作用，该馆在全县开展了实物档案的免费征集活动。然而，免费征集公告发布一个月之后，

林大姐2023年10月9日向金堂县档案馆捐赠中医药王孙思邈等五尊铜像（港视文化供图）

金堂县档案馆工作人员一行接受林大姐捐赠毛泽东主席
铜像合影　　　　　　　　　　　（金堂县档案馆供图）

却根本没有什么动静。为了尽快推动这项工作，邓斌武副馆长
无奈之下，不得已找到了林大姐。在说明了档案馆的宗旨和来意
后，林大姐非常支持该馆的工作，并且主动提出捐赠自己珍藏的
300多件实物艺术品。

　　林大姐是一位非常热爱家乡和文化的人，她的收藏品门类广
泛，品目众多，价值极高。在她的影响下，她的亲弟弟林翼也向
档案馆捐赠了极具收藏价值的艺术品。同时，她还特地在金堂商
会会员和作家协会会员中宣传鼓动，让更多的人了解档案馆的工
作，并加入捐赠的行列。

　　林大姐将自家全部收藏品捐赠给金堂县档案馆，大大地丰富了馆藏内容，推动了馆藏建设！她的行动践行了热爱家乡和家乡文化传承、弘扬档案馆事业的情怀，让大家深感敬佩。

　　"在林大姐的影响下，更多的人加入了捐赠的行列。金堂县档案馆也因此得到了更多的支持和帮助。这些年来，在金堂县委、县政府的领导关心和支持下，我们高度重视并一直致力于馆藏建设工作，不断丰富和更新馆藏内容，为的是更好地服务公众，更好地传承和弘扬家乡的文化遗产。同时，我们也要感谢所有支持和参与捐赠的人，是你们的行动让金堂县档案馆变得更加丰富多彩，更加体现了它的价值和意义。"邓斌武副馆长感慨地对笔者说。

　　"我们呼吁更多的人加入这个行列，一起为传承和弘扬家乡的文化遗产而努力。无论是捐赠物品还是提供资金支持，每个人的一点帮助都会让我们的档案馆更加完善和丰富。让我们一起努力，共同创造一个更加美好的未来！"邓邓斌武副馆长充满信心地说。

心系家乡教育事业，为金堂县沱江实验学校捐赠品牌锅炉，关爱祖国未来成长

金堂县沱江实验学校绿树掩映，花香扑鼻，书声琅琅。这所历史悠久的学校人才辈出，曾经因为卓越的教学质量而备受赞誉。然而，在2008年，学校的锅炉因为过于陈旧老化，经常出问题，使得全校师生不能正常用开水和热水。这所曾经因为卓越教学质量而备受赞誉的学校，如今却被锅炉问题困扰着。

很快，此消息传到林大姐的耳朵里，她听到这个消息后，心中不禁一震。她深知锅炉出问题可不是小事，一旦出事，其威力不亚于一颗炸弹，后果不堪设想。这不仅危及全校师生的安全，还会影响学生们的学习和成长，同时也影响金堂县沱江实验学校在当地的名校形象，更影响家乡教育事业的发展。再者，学生是祖国的未来和希望，任何一点微小的关怀和照顾，都是对他们最好的支持和鼓励，相反，则会对他们的成长产生心理影响。

于是，林大姐立即打电话给一位常年专做锅炉业务的朋友，自己出钱委托他尽快想办法购买一台质量过硬的名品锅炉，直接送到金堂县沱江实验学校安装调试，直至正常投入使用。林大姐的这一大爱仁慈之举，如同初春的煦风和艳阳，为学校带来了希望和温暖。

不久后，爱心满满的一台崭新的品牌锅炉很快被安装到该校，稳妥地保障了全校上千名教职员工和学生的用水，所有师生

为之感激不尽，纷纷为林大姐心系家乡教育事业、关心学生的健康成长而点赞。这不仅仅是一台锅炉，更是林大姐对家乡教育事业的热爱和对祖国花朵的关心与关爱！

在金堂县沱江实验学校里，林大姐的身影永远定格在师生的心中。她用实际行动诠释了"爱家乡、爱教育、爱学生"的理念，为家乡的教育事业贡献了自己的力量。她的事迹传遍了整个金堂，人们无不对她的善举和爱心肃然起敬。

这是时任金堂县人大常委会副主任、金堂县教育局原局长兼金堂中学原校长张立成，在2023年7月28日《金堂·林大姐》报告文学研讨会上，向与会专家学者分享的林大姐当年支持金堂教育事业，捐赠品牌锅炉，关爱祖国未来健康成长的故事。

林大姐的博大仁爱精神，与金堂县沱江实验学校的百年传统紧密相连。金堂县沱江实验学校的教育理念是"让教师教育着，发展着并快乐着；让学生学习着，成长着并快乐着"，管理理念是"以人为本，和谐发展"。林大姐的捐赠行为，正是对这些理念的最佳诠释。她用实际行动支持了金堂县沱江实验学校的发展，让全校师生深受感动。

在新的征途上，金堂县沱江实验学校将继续以文化引领学校发展，打造"科创领先，艺体育人，注重双语，和谐发展"的办学特色，追求"以人为本，和谐发展"的教育核心价值观。林大姐的捐赠行为，为金堂县沱江实验学校注入了新的活力，也激励着全校师生不断进步，为时代担当。

仁义美德，金商典范

　　"在金堂县，林德凤是一位德高望重、修为至善的女性代表。她不仅是一位实干企业家、乐善好施的慈善家，更是有远见、有担当的社会活动家，她数十年如一日用实际行动践行着仁爱思想，弘扬着企业家精神，受到大家的敬仰。"金堂县工商联主席沈影告诉笔者。

　　林大姐在当地各商协会组织中担任要职，以其独特的领导力、组织力和亲和力推动着各项工作的进展。她是清江商会、

林大姐参加民营经济工作会议（金裕大酒店供图）

赵镇商会、赵镇个私协、淮口商会等知名商协会组织的会长或副会长，这些组织都是金堂县工商联的重要组成部分。特别是在金堂县工商联副主席的职务上，她已经默默耕耘了十余年，积极主动配合工商联，携手会员单位，履行社会团体业务主管单位的职责，加强监督管理，切实注重质量，指导和推动商会组织完善法人治理结构、规范内部管理、依照法律和章程开展活动，充分发挥宣传政策、提供服务、反映诉求、维护权益、加强自律的作用。尽管没有行政职权，但林大姐在引导促进金堂县非公有制经济健康发展和非公有制经济人士健康成长方面

金裕助学圆梦（金裕大酒店供图）

承担着重要职责。她以工商联为服务平台，在助力企业发展的同时，实现上通下达，为全县营商环境的持续优化做出了应有的贡献，有效地助推了当地民营经济的健康发展。

金堂县个私协党支部书记陈海这样评价林大姐："林大姐总是低调为人，高调做事。除了组织大家相互学习帮扶、出去走访考察外，她还把大家当成自己的兄弟姐妹般对待，用独特的人格魅力温暖和感染了所有人。只要有林大姐的商协会组织，每一个都是向心力满满、祥和发展的典范！"

林大姐的言行举止也充分展现了她的家国情怀。她以商会为平台，助力当地民营经济的发展，同时也关注社会的发展和进步。在她的倡导下，商会组织积极参与社会公益事业，捐资助学、扶贫救困、支持环保……她的行为为当地人民树立了良好的榜样。

在林大姐的带领下，金堂县的商协会组织不断壮大发展，成为当地经济发展的重要力量。她的精神也鼓舞着更多的人去追求仁义礼智信美的境界，去实现自己的价值。

金裕文化与精神的盛宴

金堂，这个历史悠久、人才辈出的地方，一直以来都是文化与智慧的摇篮。在这里，作协扮演着重要的角色，他们领导并管理学术委员会，指导有关文学组织开展工作，让文学的种子在金堂大地上生根发芽。

金堂县作协在李正熟先生的领导下，积极开展文学调研和创作工作，成绩显著。他们通过挖掘和讴歌时代的作品，培育出了一大批优秀的文学写作人才，成了全国的佼佼者。同时，他们也邀请当地社会名流参与其中，如林大姐，作为当地文坛的赞助者和奖励者，长期支持着作协的工作。

林大姐是金堂县作协的顾问和名誉主席，更是一位热爱文学、热心公益的社会名流。她以赞助、奖励等形式，长期支持当地作协的工作。她的努力和付出，不仅让作协的工作得以顺利进行，也激发了更多的人对文学的热爱和追求。林大姐的这种无私奉献精神，深深地感动了金堂县作协的每一位会员，也赢得了他们的尊敬和敬仰。

2022年，金堂本土作家杨代军光荣地被评选为中国作家协会会员。这个消息让金堂县作协的每一位成员都感到无比骄傲。林大姐得知这个消息后，更是激动不已，她决定邀请全县知名文人代表欢聚一堂，专门为此设宴款待，以兹祝贺。

宴会上，林大姐端起盛满酒的酒杯，感慨地说："今天是

金裕大酒店优美环境一角（金裕大酒店供图）

金堂县作协的大喜日子，也是金堂人的大喜日子。让我们端起杯来，共同祝贺杨代军兄弟获得中国作家协会会员荣誉！"在场的每一位文人代表都深受感染，他们纷纷举起酒杯，共同祝贺杨代军。

此时此刻，杨代军感到无比温暖和自豪。他知道，自己在文学领域的耕耘终于没有白费，自己的努力得到了认可和赞赏。他热泪盈眶，将一满杯酒倒入口中，以谢林大姐和在座的各位老师。

在书写林大姐与金堂县作协互动助推当地文学事业的盛宴中，我们看到了林大姐心系文学事业的风采，看到了金堂县作协的发展与繁荣，也看到了文学的力量。这是一场精神的盛宴，一场属于文学的狂欢。让我们共同期待这场盛宴的圆满落幕，期待更多的优秀作品从这片土地上诞生，让金堂的文学之花更加绚烂。

心系民生、为民履职的林大姐

由于林大姐长期乐善好施、仁爱无限，时刻热爱家乡，积极为家乡的经济社会建设做贡献，她成为当地人们心中德高望重、有使命和担当民营企业家的典范，先后当选为镇、县、市人大代表。

作为一名极其普通的人大代表，她始终坚守"人大代表为人民"的诺言和职责，为群众办实事、好事。清江场镇由于历史因素，地势低洼，中河和北河穿境而过，土堤坝常年杂草丛生、藏污纳垢，夏日里局部区域还臭气熏天。更重要的是每年但凡发洪水，该场镇就极有可能处于被淹没的境地。林大姐作为从清江走出来的人大代表，对此十分了解，看在眼里，疼在心头。

林大姐参加人民代表大会

林大姐2021年参加重阳节（金裕大酒店供图）

在2017年金堂县人民代表大会上，她同与会的其他几名人大代表联名提出《清江场镇中河两岸低洼区堤防整治议案》，被当地政府采纳。后经当地政府职能部门一年多的整治，清江场镇中河两岸低洼土埂堤坝变成了现代标准化堤坝，不仅防洪能力大大提升，配套的沿河两岸的绿化、步道、凉亭等设施，既方便群众出行，又提升了场镇面貌，现已是当地周边群众环境优美的休闲、纳凉、散步之地，成为当地人民心中亮丽的民生工程。

当地群众张大爷说，现在河水清了，河堤漂亮了，环境优美了，大家晚饭后到此放心、开心地散步，或跳坝坝舞，热闹得很哦！

在2018年金堂县人民代表大会上，林大姐再次同清江镇的其他几名人大代表一同联名提出《关于提前规划金旌快速通道沿江绿道事宜议案》和《关于赵镇街道桐梓园医院十字路口的建议》共5条议案，成为金堂县人大常委会领导重点督办议案。

林大姐心平气和地对笔者说："2019年3月9日金堂县人代会

召开之际，金堂县电视台也专程采访过我。我觉得自己是极其普通的一个民营企业的代表，清江人民推选我为人大代表，所以我必须一心为了清江人民服务，不辜负他们的信任和期盼。平时在与父老乡亲接触时，尽可能多地倾听他们的声音，了解他们的诉求，然后再把他们的声音和诉求集中起来形成民生议案，并以书面形式向上级汇报。自己能力有限，只有踏踏实实做人做事，如实反映父老乡亲的声音，才对得起人大代表这个称谓！"

"林大姐自当选清江镇人大代表、金堂县人大代表、成都市人大代表以来，为当地经济社会发展做出了积极贡献。如今，76岁的林大姐不仅是金堂老百姓心中为民说实话、办实事而又信得过的代表人物，也是我们人大代表学习的榜样。"清江镇人大常委会原主任邵秀琳如是说。

对口帮扶高原行

318国道从四川省甘孜州至西藏的一部分路途属于川藏南线，因其独特的沿途风景千变万化，多姿多彩，行走其中，可以体验"隔山不同天，一天有四季"的奇妙感觉，成为人们心中向往的驾驶旅游胜地。1998年，林大姐与黄大哥前往理塘旅游，纯净无瑕的高原雪域，辽阔无垠的青葱草原，清澈幽然的湖泊山色，宏伟壮丽的佛教殿堂，一步一叩的虔诚朝拜，永不放弃的人生修行，都让她心生敬意。但当她看到藏区有的牧民的住房竟是用树枝搭建的时，她忍不住落泪："要是自己有经济实力，我一定要帮助他们！我一路忍不住偷偷哭了好几次。"

旅游回来后的一天，林大姐在《华西都市报》上看到了一则消息：一位个体医生一直在救助甘孜州某孤儿院的16个孩子，但因为该地区即将大雪封山，孩子们的生活陷入了困境，希望全社会都能参与救助。林大姐看到这个消息后，心中涌起了强烈的同情心和责任感。她决定，跟随那位个体医生的爱心步伐，不能让这些孩子在生活的艰难面前无助。

　　林大姐没有犹豫，立即按照报纸上提供的捐款地址，向这16个孩子捐款3万元，帮助他们渡过难关。对于她来说，这是一件小事，只是尽了自己的一份力；但对于那16个孩子来说，这是一份生的希望，是一份爱的力量。

　　当《华西都市报》的记者和四川电视台得知此事后，分别前来采访林大姐。然而，林大姐却以自己的行为同那位个体医生相比根本不值一提为由，拒绝了访问。她谦逊地表示，自己只是做了一件微不足道的事情，任何有爱心的人都会这样做。

　　林大姐为寒冬里16个孩子送去温暖的故事，让我们看到了在平凡生活中闪耀着光芒的人，她的行为虽然不是惊天动地的大事，却让我们看到了小事中的大爱。林大姐的这段故事告诉我们，无论事情大小，只要是对的，只要是有意义的，我们都应该去做，去实践，去传递那份爱与善良。同时也让我们看到，真正的英雄不在于身披的铠甲有多厚重，不在于掌握的武艺有多高强，而在于有一颗善良且愿意担当付诸行动的心。那是一种由内而外的力量，是一种无声的呼唤，是一种默默的坚持。因为在这个世界上，没有什么比爱和善良更强大、更珍贵。

林大姐一直没有放弃帮助藏区人们。在2018年的春天，林大姐从金堂县政府对口帮扶理塘县的负责人李君明处得知：高原气候导致常态下水无法烧开，援藏干部们平时煮面都得用高压锅才能煮熟，当地包虫病也比较多……林大姐听后，决定要帮助解决这个问题。

她四处打听，得知经过九三学社组织的专家们攻克研发，高原开水器成功问世。林大姐出资十几万元购买了这些开水器，并分两批捐赠给了理塘县的妇幼保健院、二中、孤儿院、政府大院及援藏干部驻地等单位。她的这一举动，让高原人民能够喝上达到100℃

林大姐向甘孜州色达孤儿院捐赠的开水器

（色达孤儿院供图）

的开水，也为援藏干部提供了健康保障。

"我希望通过这种方式，让高原人民能够喝上真正的开水，享受到方便的热水，尽可能地为援藏干部提供健康饮水保障，不让他们援藏回来带上一身病！"2023年7月2日，林大姐在金裕大酒店设宴为金堂第六期援藏干部圆满完成任务安全归来接风，同时也为第七期援藏年轻干部饯行时如是说。

前几年，金堂县委宣传部原副部长郑邦兴在同林大姐见面时，谈到色达县有一所孤儿院，里面的孤儿及工作人员条件也十分艰苦，老师们连一张课桌都没有，需要社会关注帮助。林大姐得知后，立即电话连线援藏干部唐中德，请他到该孤儿院实地调查。在摸清相关情况后，林大姐毅然决定通过厂家直接向色达孤儿院捐赠课桌、开水器等价值十几万元的物资。她的这一善举得到了色达县委、县政府及孤儿院的高度赞许，后他们直接送锦旗到金裕大酒店，以感谢林大姐对色达慈善事业的大力支持。

2023年7月23日，76岁的林大姐作为金堂县民营企业家年龄最长的代表，随金堂县人大代表团再次踏进理塘。笔者为此专门采访了林大姐。

"我随金堂县人大代表团出席了金堂县人大常委会与理塘县人大常委会联合召开的对口支援座谈会，金堂县人大常委会主任龚亚明、副主任王乐平，理塘县人大常委会主任达瓦邓珠和副主任泽仁正呷、唐伦、穆驾波参加会议。会上，理塘县人大常委会主任达瓦邓珠对金堂县人大常委会到理塘县开展对口支援工作表示欢迎，并详细介绍了理塘县人大常委会工作开展情况，希望与

林大姐2023年7月23日向理塘捐赠（金裕大酒店供图）

金堂县人大常委会加强交流培训，分期分批交流部分干部职工到金堂县学习先进工作经验，促进理塘县人大常委会工作再上新台阶。龚亚明表示，金堂县人大常委会将以此次学习交流为抓手，主动担当作为，集成用好人大代表等资源优势，持续做好对口支援工作，努力为理塘的发展、理塘人大常委会的发展添砖加瓦。我代表金堂县金裕大酒店同金堂县企业代表成都向阳酒店管理有限公司、成都雅乐仙生物科技有限公司、金堂仁爱医院，分别向理塘县人大常委会办公室进行了捐赠。"

"当天，金堂县人大常委会主任龚亚明、副主任王乐平，金堂县人民法院院长徐文波，还率金堂县对口支援办有关负责人调研了对口支援工作开展情况，并看望慰问了金堂县第七批对口支援干部人才。调研中龚亚明实地察看了支援队生活环境，他表示对口支援干部人才是对口支援工作中的排头兵、操盘手，责任重压力大，需要对口支援工作每一轮每一任都干出实绩，要持续推进产业资源发展，立足理塘资源禀赋和实际需求，坚持选好项目，选准项目，建好项目。力争谋划促建，建成一批基础设施、现代农业、医疗教育等领域项目。他鼓励大家要牢记使命主动担当，坚守支援初心，要全力以赴真情融入，坚持实干为先，要坚守岗位，展现风范，保持优良作风。金堂县对口支援工作队临时党支部书记领队邓志汇报了对口支援工作开展情况和工作队党群工作开展情况，对口支援干部人才代表畅谈了在理塘县的工作生活情况和个人感受体会。"

　　林大姐本次走进理塘，既是见证感知国家的温暖之旅，也是一次爱心奉献、责任与担当之旅，更是仁爱思想和民族友谊之花的绽放之旅。

金堂县对口帮扶援建的理塘二中（港视文化供图）

　　"作为金堂县的民营企业，发展到今天离不开当地党委、政府的大力关心和支持。国家实施对口帮扶政策，不仅是在巩固脱贫攻坚所取得的成果，意义重大，更有利于推进涉藏地区跨越式发展，维护社会公平、稳定和长治久安，也更促进实现共同富裕、民族大团结以及构建社会主义和谐发展。每当听见一批又一批的援藏干部平安轮换，我心里感动又踏实。感动的是他们远离家乡亲人，去挑战高原生命极限支援涉藏地区发展，有时还不小心带一身病回来，是多么可敬。这一切，都是我们党委、政府领导有方！我们身处内地的民营企业，应尽力积极参与到政府的对口帮扶工作中来，携手当地的民营企业家们一道，与涉藏地区人们手拉手、心连心共发展。"林大姐感慨地说。

　　"林大姐对理塘、色达等涉藏地区的一系列善举，展现了金堂县政府有效组织和发动社会力量对口帮扶的决心和能力。这种决心和能力不仅体现在物质援助上，更体现在对民族团结和友谊的珍视上。金堂县政府以实际行动表明了他们的态度：对于涉藏地区的困难和需求，他们会以最有效的措施进行对口帮扶，他们会全力支持藏区的发展，促进民族友谊的大团结。"金堂县委对口支援办公室副主任李君明对笔者坚定地说道。

　　理塘县组织部张副部长感慨道："金堂县金裕大酒店等一批优秀民营企业积极响应党委、政府号召，投身对口帮扶工作，累计向理塘县捐资、捐物1200余万元。在金裕大酒店董事长林德凤女士的带动下，甘御兰、成阿浩旺、盼盼集团、新世纪线缆等一批爱心企业积极加入帮扶理塘县的行列，累计帮助理塘县销售

甘孜州理塘县保健院负责人降央曲扎向林大姐赠送锦旗（金裕大酒店供图）

优质农特产品1300余万元。理塘县本地的企业、农业合作社等也积极到金堂县寻求合作发展机遇，推动帮扶工作由'输血式'向'造血式'转变。"

"林大姐对理塘、色达等涉藏地区的一系列善举，彰显了她的民族大义和人间真情。她以自己的行动证明了慈善无小事，爱心无止境。她不仅为理塘县妇幼保健院、学校和政府机关及群众送去了滚烫而能杀菌的开水，还给色达县孤儿的生活工作环境带来了实质性的帮助。更为重要的是，她的善举激发了更多人的慈善之心，带动了金堂县各商协会企业家和社会更多人参与到政府对口帮扶的事业中来。"金堂县委对口支援办公室副主任陈训文对笔者如是说。

在理塘县和色达县，林大姐的名字被广为传颂。她的善举让人们看到了希望和关爱，感受到中华民族大家庭的温暖。她的行

理塘县妇幼保健院综合大楼

为是对民族友谊的最好诠释，也是对社会主义核心价值观的生动体现。

　　林大姐的慈善之路，是充满了民族大义和人间真情之路。在这条路上，她以自己的行动证明了慈善的力量，证明了民族友谊的重要性。她的行为值得我们所有人尊敬和敬仰，她的精神值得我们所有人学习和传承。在她的身上，我们看到了人性的光辉，看到了民族精神的璀璨。林大姐的慈善之路，将永远是我们前行的灯塔，指引我们走向更美好的未来。

妈祖精神世界赞

2011年3月，习近平总书记在参加全国人大常委会会议福建代表团审议时强调，"既是乡土文化也是重要旅游资源的妈祖文化，是凝聚两岸同胞的一条纽带，要充分发挥其在促进两岸交流合作中的重要作用"。2016年，湄洲妈祖祖庙入选"海上丝绸之路·中国史迹"世界文化遗产预备名单，全国两会期间李克强总理指出"妈祖文化就包含着海洋精神"，随后"发挥妈祖文化等民间文化的积极作用"被写入国家"十三五"规划纲要，标志着"妈祖文化"正式上升为国家战略。

妈祖，中国古代被立为道德楷模的国家祭典三大人物之一，以中国东南滨海为中心的海神崇奉，又称天上圣母、天后、天后娘娘、天妃、天妃娘娘、湄洲娘妈等。这一崇奉的主体据说是由真人真事演化而来的。

妈祖，一位传说中的人物。她的名字，在中国的沿海地区尤其是福建，已经流传了千百年。她不仅被视为海洋的女神，还被广大民众尊为救苦救难的象征。

妈祖，原名林默，出生于福建省莆田市湄洲岛上的一户仕宦之家。据史书记载，她自小聪明慧黠，悟性极高，且胸怀大志。然而，她并不像一般的大家闺秀那般过着安逸的生活，反而倾心于医术，常常出海救助那些遭遇海难的船民。

在传说中，妈祖拥有一种神奇的能力，能预测天气的变化，预知船只的命运。每当海上有船只遇险，她都会毫不犹豫地跃入海中，驱邪避灾。她的英勇和善良赢得了人们的尊敬和爱戴，人们称她为"通玄灵女"。

林大姐和黄大哥与妈祖结缘（金裕大酒店供图）

然而，就是这样一位善良的女神，却在她28岁那年突然去世。人们说，在妈祖去世的那一天，湄洲岛上的人们看见了一朵彩云从湄峰山上升起，空中传来了悦耳的音乐。而那些在海上遇险的船员，也常常看见妈祖身着红装，在海面上飞翔，救助那些遇险的人。

为了纪念妈祖的伟大事迹，她去世后不久，人们就在湄洲岛上建立了妈祖庙。这座庙宇经过多次扩建和修缮，如今已经成为了一个宏伟壮观的建筑群，每年都会吸引大量的游客前来参观。

妈祖的故事也随着庙宇的扩建而传遍了世界。在福建莆田的湄洲岛、东南亚和世界各地的华人社区，都建有妈祖庙。这些庙宇不仅是华人信仰的中心，也是他们心灵的寄托。

妈祖的故事不仅仅是一个"传说"，更是一个象征。她代表了中国人民勇敢、善良、智慧的精神品质。她的故事激励着人们在面对困难和挑战时，勇敢面对，用善良和智慧去化解危机。同时，她也寄托了人们对美好生活的向往和追求。

明清时期（特别是清代），四川绝大多数州县都建有妈祖庙，像"天上官""福建会馆""圣母庙""天后官"等都是妈祖庙。据不完全统计，清代四川的妈祖庙、宫、观共200余所，遍布92个州、县、厅内。

明清大移民运动与妈祖信仰的分庭内迁。历史上至四川境内的大型移民运动有两次。一次是元末战争结束，朱元璋的军事移民和稍后的行政移民活动。这次移民大多为湖广人。第二次是清政权刚建立不久后，就组织实施了长达一个世纪的大移民运动。

在明清的换代战争中，四川（历史上的四川包括重庆在内）共遭受了4次大型战争的杀戮。第一次是李自成起义军攻进北京，崇祯皇帝煤山上吊，即宣告明朝中央政权的结束，此时，失去中央节制的四川明朝军队变为地方军阀，都各自争抢地盘而战争不断；第二次是李自成军队遗部与张献忠起义军联合抵抗明、清军队的战争；第三次是清军入川与明朝残余势力及地方军阀的战争；第四次是吴三桂降清又反清，即康熙"平定三藩"的战争。

战争以后是瘟疫。经过4次战争洗劫的巴蜀，《清朝文献通考》上有个统计数据："四川布政司人丁一万八千五百有九。"也就是说，整个四川的居民人数不到两万人。美丽而富饶的天府之国，变成了虎豹豺狼的乐园。而此时的湖广及沿海各省，又处于人口密集、土地紧缺的局面。于是，一场耗时一个多世纪的湖广填四川大移民运动，就如火如荼地展开了。这次移民，清康熙十年（1671年）至乾隆四十一年（1776年）是高峰，之后直至咸丰年间都还有自愿入川民众。那时的四川百分之九十以上是外省人，处于一派全国各省人口大荟萃的局面。到处都是从全国各地历经磨难、千里迢迢，来到这个举目无亲、全然陌生的社会环境中的移民。他们内心深处的那种孤寂与无助，是常人无法理解的。时间稍长，移民们自然会把这种心情转换成对家乡的深切怀念，转化成对同乡人的亲密。于是，联络老乡，互相帮助，共同克服困难是理所当然的了。同乡人在一起语言相通，饮食与生活习惯相近，信仰也一致，有道不完的家乡事。为了方便这种集会，开始兴建老乡会馆。于是自此以后，巴蜀大地兴修会馆之风一浪高过一浪，建筑规模及档次多有攀比。老乡会馆不仅城市修，乡村也修，凡是有移民老乡集居的地方都修。20世纪50年代还能看到，一个小小的乡镇上都有几座不同的清代老乡会馆遗存。这些会馆有的用原籍的省名命名，如"湖广馆""陕西馆""江西馆"等；有的用家乡最崇信的神来命名，如"禹王宫""地祖庙""天后宫""圣母天后宫"等。从这时起，就把原本属于海洋文化的妈祖文化分庭到了内地的巴蜀，妈祖信仰也在内地生根开花。妈祖信仰到了内地后，因地域不同，环境差异，移民们心目中的追求也在改变，所以妈祖信仰在巴蜀内涵也有所变化。比如妈祖由保护海上安全转变为保护江河湖泊上的安全，保佑风调雨顺，赐福纳吉，广开财源等。

妈祖精神是中华民族精神的重要组成部分。在辽阔的中华大地上，妈祖精神历久弥新，犹如一颗璀璨的明珠，熠熠生辉。千百年来，妈祖精神以其坚韧、慈悲、无私、智慧等特质，成为了中华民族文化的重要组成部分。它承载着中华民族的优良传统，同时也体现着全球华人对故乡的深深眷恋。

妈祖，这位来自民间的传奇女子，因她的善良、勇敢和智慧，被百姓们奉为神明。她代表着中华民族的传统美德，彰显着大爱精神。

林大姐对妈祖和妈祖文化如数家珍，同笔者介绍妈祖时感慨而激昂。

林大姐与妈祖结缘于2007年的夏天，那是一段跨越千山万水的缘分，将她与妈祖文化紧密相连。金堂县工商联组织的一次

首届中国西部妈祖文化交流会现场（港视文化供图）

福建省湄洲岛之行，让林大姐首次亲身体验了妈祖文化的博大精深，也让她心中的那份敬意和感动如波澜壮阔的江水般涌动。

湄洲岛是妈祖文化的圣地，是每一个热爱妈祖文化的人心中的朝圣地。当林大姐一行人踏上这片土地，他们被那里的一切所震撼。他们听到了解说员那热情洋溢的解说，听到了那些关于妈祖的传奇故事，心中充满了敬畏和感动。

在岛上，林大姐一行参观了妈祖庙，那是一座矗立在海岸边的宏伟建筑，见证了人们对妈祖的崇敬和信仰。热情专业的解说员为大家讲述了关于妈祖的传奇故事，那些平凡而伟大的人间大爱，让林大姐深受感动。她明白了，原来我们听说的妈祖不是封建迷信中的神，而是真真切切的人间大爱的践行者。

在那个瞬间，林大姐下定决心，她要在中国的西部重镇成都

首届"当代妈祖榜样人物"揭晓暨"妈祖春晚"（港视文化供图）

成立专门从事妈祖文化和精神研究的机构。因为她知道，只有让更多的人了解妈祖文化，了解这种无私的大爱精神，才能让这种精神在中华大地上得以传承和发扬。她的决心得到了四川省民生研究会的支持，研究会领导同意林大姐担任四川省民生研究会妈祖文化研究中心的主任（负责人）。这个身份让她有了更大的舞台去传播妈祖文化，让更多的人受益。

林大姐和丈夫黄大哥随同谢代斌会长所带的团队一块，带着妈祖的神灵，离开了湄洲岛。他们在海上航行，在陆地奔驰。他们带着妈祖的精神，带着他们的信念和决心，回到了四川成都。

2019年去湄洲岛"分灵"时，来自中国台湾、新加坡等地的妈祖文化机构，在晚宴上得知林大姐一行从遥远的四川来分灵妈祖，纷纷向林大姐举杯祝贺。一位资深妈祖文化研究专家激动地一手端酒杯，一手拿话筒上发言席道："四川是大陆的内陆区域，距此近两千公里之遥。年近七十的林大姐，亲自带队来湄洲岛分灵妈祖回四川成都，可见对妈祖文化的虔诚和对中国传统文化的高度重视。此行必将感动妈祖在天之灵，明天分灵妈祖时，上天必降甘露！"

第二天上午10点分灵时，原本的万里晴空突降大雨。然而，当林大姐分灵团队一行安全到达湄洲岛的对岸贤良港时，天又突然放晴，艳阳高照。此事无论是巧合，还是真的妈祖被感动，林大姐分灵妈祖的旅程心里是吉祥开心的。这场旅程，让林大姐更加坚定了自己的信念，她深知自己的使命是让中国西部区域更多的人了解和感受到妈祖文化的魅力，从而更好地传播灿烂辉煌的中华文明。她相信，只要用心去传承和弘扬这份文化，一定能让它在世界范围内发扬光大。

如今，林大姐和她的团队在传承和弘扬妈祖文化的事业中取得了显著的成果。他们的努力和付出得到了社会各界的认可和支持，也为中国的传统文化增添了新的活力和光彩。

回到成都，林大姐一行人并未停下脚步。他们在成都这片土地上，开始了对妈祖文化的深度研究和传承。他们定期举办妈祖文化活动，传播妈祖文化精神，让更多的人了解和认识妈祖文化。

他们也积极与各地的妈祖文化机构进行交流合作，共同推广和保护妈祖文化。每当他们举办活动时，总能得到社会各界的热烈响应和积极参与。人们纷纷表示，这是因为他们对这种文化的热爱，对这种精神的高度认可。

林大姐知道，她的使命尚未完成。她要继续努力，让更多的人了解和接受妈祖文化。她相信，只要人们了解了这种文化，接受了这种精神，就能从中找到力量和希望。

而她的团队也一直支持着她。他们一起努力，一起工作，一起推广和传承着妈祖文化。他们相信，只有这样，才能真正体现出人间大爱的价值，才能让这种精神在中华大地上代代相传。

这就是林大姐与妈祖结缘的故事，一个充满人间大爱的故事。她用她的行动证明了一句话：只有心中有爱，才能看到爱。她用她的行动感动了世界，让更多的人开始相信和追求这种无私的大爱精神。

如今，林大姐和她的团队，一直致力于将妈祖文化精神与现实社会国家和民族信仰建设相结合，希望通过举办这样的活动，号召全社会都向妈祖学习，以她为榜样，致力于国家民族信仰建设。

四川省委宣传部原副部长、四川省精神文明办原主任扈远仁出席讲话（港视文化供图）

林大姐举旗携手海内外妈祖信仰者部分代表，在四川省成都市金堂县成功举办的妈祖文化盛宴，是成都金堂的壮丽画卷。2019年5月28日，金堂县沉浸在一场盛大的妈祖分灵巡游文化盛宴中。这场盛宴以十里大道两旁的壮观场面为舞台，以当地警察的精心维护为保障，以来自五湖四海的妈祖文化专家、学者的参与为亮点，向全世界展示了这个美丽县城的独特魅力和深厚文化底蕴。

当天，金裕大酒店的大金堂厅成了活动的核心区域。在这里，同时举办了《巴蜀妈祖情》首映式、中国西部首届海峡两岸妈祖文化交流会、"当代妈祖榜样人物"揭晓暨"妈祖春晚"晚会。这些活动不仅吸引了央视新闻、中新社、新华社、中国网、香港卫视、澳门商报、腾讯、搜狐网等各大媒体的广泛报道，也在海内外3亿信众中引起了很大的社会共鸣。

《巴蜀妈祖情》纪录片的成功拍摄，除得到了中华妈祖文化交流协会、湄洲岛妈祖祖庙董事会、贤良港妈祖祖祠的大力支持外，还要特别感谢四川省民生研究会妈祖文化研究中心、四川省林氏（比干）文化研究中心负责人林大姐。林大姐不仅出巨资支持摄制组的工作，还携手金堂县金裕大酒店全体员工和四川、重庆、福建莆田、广西、贵州等海内外林氏宗亲，协助支持成功举办中国西部首届妈祖文化交流会、首届"当代妈祖榜样人物"揭晓暨"妈祖春晚"。

为此，长期致力于妈祖文化精神传承弘扬工作的林大姐，与其他9人一同被推选为"中国西部首届十佳当代妈祖榜样人

"当代妈祖榜样人物"获奖现场（金裕大酒店供图）

物"。这一荣誉的获得，是对林大姐及其团队工作的肯定和鼓励。林大姐在接受记者采访时表示，中国三大国家祭典人物之一的妈祖，是中国历史上的真实人物，在实现中华民族伟大复兴的中国梦，全面恢复优秀传统文化的今天，妈祖信仰仍然是中华儿女的精神源泉。妈祖文化是灿烂辉煌中华文化的重要组成部分，研究中华文化就要很好地研究妈祖文化、妈祖的历史和思想精神，要尊重历史、尊重人们的意愿，科学地把国家和民族与社会的发展相融，演绎好妈祖故事，既传承弘扬妈祖文化，又促进新时代国家民族信仰建设。这就是拍摄《妈祖巴蜀情》和举办"当代妈祖榜样人物"揭晓暨"妈祖春晚"的初心。

为了进一步推广和传播妈祖文化，林大姐领导下的四川省民生研究会妈祖文化研究中心携手各界，计划在金堂县梨花沟村筹建"妈祖文化广场"，用妈祖文化来推动当地的乡村振兴建设工作。如今，林大姐和她的团队一直致力于将妈祖文化精神与现实社会国家和民族信仰建设相结合，希望通过举办这样的活动，号召全社会都向妈祖学习，以她为榜样，致力于国家民族信仰建设。

这场"红五月"的妈祖文化盛宴，不仅仅是一场视觉和听觉的盛宴，更是一场心灵的洗礼。它让我们深刻地认识到了妈祖文化的深厚内涵和现实意义，也让我们看到了一个普通人在追求信仰和弘扬中国传统文化方面的坚定信念与不懈努力。

在拍摄《巴蜀妈祖情》的过程中，摄制组行程超过两万公里，耗时一年，走遍了大江南北，完成了这部壮丽的作品。他们的行为得到了中华妈

林大姐2019年"当代妈祖榜样人物"获奖发言
（港视文化供图）

祖文化交流会执行会长俞建中的高度评价待，被誉为"壮举"，实属不易。

举办首届"当代妈祖榜样人物"揭晓暨"妈祖春晚"的初衷，是希望通过这个平台，向全社会传递和展示妈祖文化的核心价值与精神内涵。林大姐表示，妈祖是真实的人，而非民间传说中的"神仙"。她代表了一种崇高的道德品质和社会责任，她的行为和精神与共产党人为民服务的宗旨一脉相承，都是先进文化的代表。

这场中国西部成都金堂首次举办的妈祖文化盛宴，让我们看到了一个充满活力和希望的金堂县，也让我们看到了一个坚定信念和追求的文化团队。我们有理由相信，随着时间的推移，这种文化力量将会越来越强大，越来越深远地影响着更多的人。

四川省委宣传部原副部长、四川省精神文明办原主任扈远仁，对林大姐传承弘扬妈祖文化事业高度评价和赞许，同时也对传承弘扬十分期待："中华民族是一个伟大的民族，从古至今屹立于世界之林，而文化是中华民族之魂。妈祖是中国历史上的一个重要人物，妈祖文化是中华文化的重要组成部分，巴蜀儿女热爱文化、热爱妈祖，所以与妈祖和妈祖文化有着血肉相连的关系。今天要把我们国家建设成为一个富强、民主、文明、和谐、美丽的社会主义现代化国家，就一定要弘扬中华民族文化，弘扬中华民族文化就要很好地研究妈祖的历史，传承弘扬妈祖的文化。在这方面，巴蜀人们定会走到前面。"

四川省文化厅原副厅长严福昌也高度点赞妈祖文化："文化

是潜移默化的，妈祖文化是深入巴蜀人心的，对于构建和谐社会，对于我们的经济发展都会起一种非常积极的正能量作用。正值中国改革开放40周年，党中央、国务院要求我们以更高的水平开放，妈祖文化在这样的过程当中会绽放出更加绚丽的光彩。"

金堂县原副县长罗兴国就是被林大姐传承弘扬妈祖文化和精神感染者的代表。四川成都属于中国西部的内陆区域，由于地域和宣传及相关的历史因素，妈祖文化的传播弘扬工作较沿海区域相对落后，许多人并不了解妈祖是何方神圣，甚至将其视为封建迷信等。

然而，通过与林大姐的接触和交流，罗兴国对妈祖文化和精神的认识产生了深刻的改变。他被林大姐的乐善好施行为和新时代主动传承弘扬妈祖文化的精神所感动，现在已经成为一位妈祖

罗兴国（左）向笔者（右）介绍美丽的梨花沟村

文化和精神的热爱者、崇拜者和传承弘扬者。

面对笔者，罗兴国激动地说："妈祖的一生是立德、行善、大爱、无私奉献的一生，其精神同全心全意为人民服务的共产党员的精神一样，而富有强大的生命力。"他表示，"林大姐的行为和她的商界活动一样，都展现出了为家乡父老服务的坚定信念。她带领商协会的成员走共同富裕之路，让金堂县商协会在她的领导下焕发出了新的活力。林大姐的仁爱行为和精神感动了金堂社会各界，因此她被人们尊称为'林大姐'。她乐善好施、扶危济困、一身正气的高尚品质，让人们尊敬和敬仰是实至名归的！"

"作为一名基层的老共产党人，我深感林大姐的行为和精神是我们这个社会所有人应该学习的榜样。她用实际行动展示了自己的仁爱信念与妈祖文化中的无私奉献精神！"

金堂大桥（中共金堂县委宣传部供图）

巴莫科技（中共金堂县委宣传部供图）

　　如今，在罗兴国等领导的带领下，梨花沟村已经成了金堂县闻名遐迩的乡村振兴的典范。这里民风淳朴，人们干劲十足，正在着手修建妈祖文化广场，以传播中国璀璨的传统文化，净化乡村风貌，为乡村振兴再上新台阶。

　　林大姐成功举办这一系列妈祖文化活动，展示了她及其团队在传承、弘扬妈祖文化上的决心和努力。他们将传承弘扬妈祖文化与当下的国家和民族信仰建设相结合，通过自己的行动和影响力，让更多人认识和理解妈祖文化，进而产生对中华优秀传统文化的热爱和追求。这是一个伟大的壮举，它将对我们的时代产生深远的影响。

大爱无疆，温暖世界

林大姐，这个平凡而伟大的女性，用她的慈善大爱，让我们见证了爱无国界的力量。她的故事不仅在金堂、高原上演，更在神州大地上传颂。

2022年10月11日，巴基斯坦发生洪灾。消息传到金堂县，林大姐第一时间记下了援助电话。夜深人静，她却难以入眠，脑海中浮现出2008年5月12日汶川大地震和2013年4月20日芦山地震的场景。她深知，这个世界需要的，是跨越国界的爱与温暖。

次日一早，她便按照公告的捐助电话打了过去。接电话的是位女同志，声音很甜。她向对方表明了意愿，愿意以个人名义向巴基斯坦受灾百姓捐款。

在捐款的单子上，林大姐特注说明"中国金堂县一位民营企业家"。这一信息从北京传回金堂县政府，让所有人为之动容。因为这不仅体现了林大姐的爱心，也提高了金堂县在国际上的声誉。

林大姐的慈善大爱是没有国界的，通过三江汇流到大海，再通过大海，花开世界，温暖全世界。她是慈善大爱的化身，也是世界人民渴望和平、自由、幸福、平安的一朵金裕之花。

当被问及为何做这件事时，林大姐的回答很简单："爱是相互的！因为当我们的人民受灾时，世界人民爱护我们，今天他们受难时我尽微薄之力，理所应当。"她用自己的行动诠释了"一

淮州国际会展中心（中共金堂县委宣传部供图）

方有难，八方支援"的哲理。

　　林大姐向巴基斯坦捐赠的故事，让我们明白，慈善的力量是无穷的，更是无界的，也让我们看到了慈爱超越国界的力量。无论是个人还是集体，只要我们心怀善意，就能为人世间带来无尽的温暖和希望。在金堂这片土地上，林大姐的慈善大爱如同一股清泉，滋润着人们的心田。她以自己的行动，向世界展示了金堂人民的善良和大爱。她的故事将永远流传在金堂的大地上，成为人民引以为豪的骄傲。因为这份爱已经超越了自我，成了连接世界的桥梁。

　　林大姐，标准的中国传统女性形象，出生在新中国成立前，成长在五星红旗下，展示风采于新时代。林大姐长期乐善好施、

八、妈祖精神世界赞

145

《金堂·林大姐》研讨会现场（金堂县文联供图）

敬老爱老、扶弱济困、捐资助学的慈善大爱行为与杨柳"碧玉妆成一树高，万条垂下绿丝绦"感恩和回报社会的行为高度吻合、一脉相承。林大姐的酒店同不断发展的城市中众多规模庞大的现代化酒店相比，虽属前辈，然体量逊色于后者。但不论岁月怎样流逝，她在公益事业方面所做的工作，依旧在路上，依然起着表率引领作用，也犹如任尔东西南北风后的杨柳，仍然屹立岸边，为守护故土而默默奉献着。

等闲识得东风面，万紫千红总是春。2023年3月的全国两会期间，习近平总书记在看望参加政协会议的民建、工商联界委员时，强调"始终把民营企业和民营企业家当作自己人"，鼓励民营企业要增强信心、轻装上阵、大胆发展。习近平总书记的话就像温暖的春风，吹进了民营企业家的心中。

2023年下半年，促进民营经济发展壮大的一系列举措密集出台。7月19日，中共中央、国务院发布关于促进民营经济发展壮大的意见：持续优化民营经济发展环境，加大对民营经济政策支持力度，强化民营经济发展法治保障，着力推动民营经济实现高质量发展，促进民营经济人士健康成长，持续营造关心促进民营经济发展壮大社会氛围，加强组织实施。31条政策措施，又再次为中国民营经济发展注入强心剂。

国家发展改革委内部设立民营经济发展局，作为促进民营经济发展壮大的专门工作机构，推动各项重大举措早落地、见实效。

"连续出台的政策举措，体现了党中央对民营经济的高度重视。尤其是民营经济发展局的成立，将进一步为促进民营经济发展提供有力的组织保障。"中国中小企业协会常务副会长马彬说。7月份中小企业发展指数为89.3，连续两个月上升，随着系列政策发力见效，企业发展信心正在加快恢复。

"在社会主义市场经济环境下，国有经济和民营经济各有优势、各具特色，如鸟之两翼、车之两轮，缺一不可。只有这两部分相互协调、共同发展，中国经济才能走得稳、走得好、走得远；只要这两部分相互协调、共同发展，中国经济就一定能走得稳、走得好、走得远。"国家发展改革委副主任丛亮说。

经历了3年疫情的洗礼，76岁的林大姐还将继续带领金裕大酒店全体员工同全国各地的民营企业一道，迎着"31条"中国民营经济的春风，在新时代民营经济的轨道上开启"拼经济""讲奉献"的竞赛，神州大地国富民强、祥和安康、互助友爱和生机勃勃的景象在尽情演绎着。

　　林大姐爱心感人的故事很多很多，笔者不能一一撷出，现在向大家讲述的这些故事，仅仅是林大姐"爱心故事汇"的冰山一角。林大姐的故事告诉我们，一位优秀的企业家在发展自身的同时，也不要忘记主动承担社会责任。走共同富裕之路，促进社会和谐发展，是当今社会人类命运共同体的主旋律。

　　林大姐的故事，也正如《资治通鉴》里说的那样："有德无才，才不足以助其成；有才无德，德必助其奸。"一个没有道德品行的人，纵使他有才华，也是被社会抛弃的有害之人，只能给这个社会带来灾难。只有德才兼备的人，才能成为这个社会发展的脊梁。德才兼备德为先，要涵养自己的品德，要知道人类命运共同体才是当今社会的核心所在。你中有我，我中有他，整个社会大家命运相关，国家与国家如此，个人与个人也是如此。当你融入这个群体中，你才能感受到人类文明真正的价值所在。它是支撑社会、支撑人类赖以持久发展的最根本的源泉。

　　林大姐的平凡故事，还在于道出了生命的价值真谛。生命的价值在于什么地方？不在于成功的那一刻，而在于为成功奋斗的历程之中。做好事容易，一辈子都在做好事难；一个人说你好，你不一定好，但所有人都说你好，那你肯定是人们心中可亲可敬之人。英雄不问出处，做好事不在大小，也不在论资排辈，而在于持之以恒地坚持和付出行动。我们的国家、民族和社会，未来一定会更好！

　　76岁的林大姐依然精神抖擞，意气风发。笔者问她，现在已有四世同堂的幸福人生，应该退休好好享受晚年生活了吧？她却笑着说："生命的意义在于运动，人生的价值在于活着能够为国家、为民族、为这个社会多做一些有益的事。每当看见媒体上像曹德旺、陈光标等中国的大企业家和大慈善家们又在为社会做贡献的消息时，我就浑身来劲。我是金堂本地一个小小的民营企业家，也是普普通通的农家女性，与他们相比有天壤之别。但这个社会需要关心帮助的人还有很多，我是一个闲不住的人，愿意继续随社会各界一道，为慈善事业尽绵薄之力吧。"

金堂人民心中的林大姐，是历届金堂县委、县政府对金堂民营企业尽心给力关心支持的一道缩影。正因如此，才有笔者零距离感知她76个风雨岁月执着与坚守的魅力和金裕大酒店20年永立当地改革浪潮之巅的风采故事。历经多年的构思和创作，《金堂·林大姐》的故事，终于得到一贯做人低调的主人公林德凤的认同。2023年7月28日，由金堂县文联主席杜静主持的《金堂·林大姐》（原拟定名为《金裕林大姐》）报告文学研讨会在金堂县金裕大酒店召开，新华社四川分社原社长、四川省广电厅原厅长何大新，四川省文化厅原副厅长、国家文艺专家严福昌，四川省作家协会原机关党委书记、四川三秦诗书画院院长郭中朝，四川省文联副秘书长吴斌，成都市文联副主席、成都市作家协会主席熊焱，中国作家协会会员、四川省作家协会会员、范长江新闻学院研究员、著名军旅作家、警旅作家、巴喜文学创始人陈依文，四川省民生研究会副会长兼秘书长陶红勇等省内文化文艺工作战线的专家、学者会聚金堂，共同为纪实报告文学《金堂·林大姐》样稿把关指导。金堂县人大常委会副主任张立诚，金堂县人大常委会原副主任罗兴国，金堂县文联主席杜静、副主席房勇，金堂县工商联（总商会）副主席罗灵聪，金堂县档案馆副馆长邓斌武，赵镇街道党工委委员、办事处副主任刘林，金堂县作家协会主席李正熟，中国作家协会会员杨代军，港视文化编导尹跃、王涛，港视文化总经理彭兴树，巴蜀笑星许明贵等人参加了研讨会。

与会专家学者对报告文学《金堂·林大姐》细致描述林德凤女士乐善好施、扶危济困、回报社会，躬身践行中华民族传统美德，积极促进地方经济社会发展的先进事迹给予了高度评价，同时从报告文学作品的思想性、文学性、故事性等方面进行了深入研讨，提出了专业建设性意见，让笔者能够以报告文学的形式去诉说情感，讲述美丽的中国金堂故事，传播中国文化，弘扬中华文明，为时代留下印记。

研讨会上，金堂县文联主席杜静详细介绍了金堂的县情：站位新时代，金堂县深入贯彻落实中央、省委、市委决策部署，聚焦落实"三新一高"要求，明确城市发展思路，全面开启金堂现代化建设新征程。总体目标——成东中心、公园水城（成都东北区区域中心城市；人水和谐、幸福美好的公园城市）。

金堂县地处川西平原与川中丘陵接壤地带，以丘陵为主，低山和平坝兼有。境内河流众多，北河、中河、毗河于县城赵镇汇流成沱江，素有"沱江第一城""水上城市"之称。金堂位于成都市东北部，属远郊县，县城距成都市区47公里。全县面积1154

平方公里，辖19镇5乡，拥有人口83.31万。 金堂县是著名的柑桔生产基地，脐橙、橘桔、桠柑等驰名省内外。"二金条"辣椒、云顶明参等土特产也远近闻名。金堂县已形成了粮食、棉花、桑蚕、食用菌、蔬菜、生猪、黑山羊等十大商品农业生产基地。金堂县工业门类齐全，形成了以食品、建材、化工、纺织、机械、电力、印刷等行业为主的多门类结构的工业体系。 作为千里沱江的起点，金堂县山青水秀、景色宜人。有"清幽绮丽，闻名蜀中"的云顶石城景区，有"花园水城"之称的赵镇景区，有"沱江水三峡之称"的金堂峡景区。金堂县以旅游开发为龙头，加快赵镇花园水城—沱江小三峡—省级旅游景区云顶石城—九龙多功能经济林生态沟的旅游环线建设，带动了第三产业的全面发展。金堂县是省级"移植工程试点县"、省级综合改革示范县、省级卫生城市。

在金堂县的发展过程中，我们可以看到改革开放在中国的重要性。改革开放使得中国从一个封闭的经济体系中走出来，走向了世界。而像林大姐这样的人，则是中国社会进步的重要推动力量。他们用自己的行动和智慧，建设了自己的家乡，也改变了更多人的命运。

如今，我们可以看到金堂县的发展并不是终点，而是一个新的起点。随着中国经济的持续发展和改革开放的不断深入，我们可以期待，更多像金堂县这样的地方将会迎来更加繁荣和美好的未来。而像林大姐这样的人，将会继续在这个过程中发挥重要作用，带领更多的人走向更加美好的未来。

后 记

在人生的漫长旅程中，信仰、家国情怀、坚定毅力、勇于探索和仁爱奉献，这些元素构建起了一个完美的人格。就如同雅斯贝尔斯所崇敬的圣人一般，这些品质在人类精神的追求中，如同明灯照亮着内心深处的道路。

林大姐，一个乐善好施的金堂女人，她的故事让人感受到了这些品质的魅力。在她的生活中，信仰成为她坚守的力量源泉。无论身处何种困境，她始终秉持着坚定的信仰，不断前行。这种坚定的信仰，使她在物欲横流的社会中保持清醒，在诚信缺失的环境里坚持自我，在情感淡漠的世界中温暖待人。

林大姐有着深深的家国情怀。"用尽最美的词汇去形容林大姐、去赞美她都不为过！"这是郭局长对林大姐仁爱精神的高度赞许。她用实际行动践行着这一理念。在她的家乡金堂，林大姐是无数人心中的"当代妈祖"，是一盏指引人们前行的明灯。

林大姐的坚定毅力令人敬佩。她始终严以律己，宽以待人，以高尚的品德和坚韧的精神塑造了一个典范。在她的引领下，人们开始学习如何善待他人，如何将他人的需求放在心中，从而营造出友善、感恩、尚善的社会氛围。

林大姐勇于探索和仁爱奉献的精神，是她的核心特质。她无畏困难，以慈悲心关怀他人，乐于助人。她的行动成了人们的榜样，她的精神成了社会的灵魂。林大姐用自己的实际行动，告诉了我们什么是真正的仁爱奉献——从小事做起，把仁慈友善、感恩尚善当作自己的责任，在关键时刻毫不吝啬地去奉献、去给予。

林大姐的故事是关于信仰、家国情怀、坚定毅力、勇于探索和仁爱奉献的赞歌。在她的身上，我们看到了一个完美的品格，如何在内心深处照亮我们未来人生的道路。她用自己的行动，诠释了什么是真正的信仰、家国情怀、坚定毅力、勇于探索和仁爱奉献。

笔者组织采访林大姐期间，得到了四川省文联、成都市作家协会、中共金堂县委宣传部、金堂县工商联、金堂县文联、金堂县档案馆、金堂县慈善会、金堂县作家协会、金堂县赵镇商会、金堂县淮口商会、金堂县官仓商会、金堂县个体私营经济协会、金堂金裕大酒店有限公司的关心和大力支持。金堂县文联在高度重视的同时，还做出重大决定，携手笔者所在的成都港视文化传播有限公司，共同书写金堂民营企业的发展与风采，展现魅力金堂良好的投资环境，进而翻开讲好中国民营企业故事，展现民营企业精神风貌，弘扬中国文化，传播中国声音和中国特色社会主义制度的优越性的新篇章。

在采访林大姐的过程中，我们也得到了许多人的帮助和支持。这些人不仅包括林大姐的家人、朋友、同事和志愿者，也包括包括编辑、设计师、校对人员等。他们的帮助和支持使得我们能够更好地了解林大姐的人生经历，更好地展现她的精神风貌。

笔者采访林大姐和出版《金堂·林大姐》一书，既是在讲述中国改革开放民营企业家的发展故事和风采，也是展现和弘扬博大精深、灿烂辉煌的中国传统文化，更是中国文化自信的再现。在未来的日子里，让我们一起用行动去诠释林大姐的精神，用我们的爱心去温暖这个世界。因为有了林大姐这样的人，我们相信，一个祥和向上的新时代就在眼前。

最后，我们要向林大姐致敬。她的故事是一盏明灯，照亮了我们前行的道路。我们希望更多的人能够向林大姐学习，成为积极向善、充满爱心的人。

2023年8月16日